みんなこわい話が大すき

尾八原ジュージ
Juji Oyatsuhara

角川書店

みんなこわい話が大すき

・目次・

こわい話なんかきらい

こわい話がきらい。


幽霊の話ばかりのってる本がきらい。

心霊映像とかもきらい。

こわい人や犯罪の話も大きらい。


でも、ありさちゃんはこわい話がすき。

「ふつうすきでしょ、そういうの」

ってきっぱり言い切るくらい大すき。

きらいな人のことなんかなんにも考えてないくらい、すきらしい。

たしかに四年二組の子たちは、わたし以外みんなこわい話がすき。

図書室でこわい本を順番まちして借りてくるし、こわいテレビ番組があった次の日には、みんながその話をしてる。

なんでかっていうと、みんなありさちゃんがすきだから。

ありさちゃんがとてもかわいくて、美人で、勉強ができて、スポーツができて、家がお金もちで、四年二組の女王さまだから。


わたしが転校してきた日、ありさちゃんはニコニコしながらわたしに「ひかりちゃんはこわい話、すき？」とたずねてきた。

わたしは「きらい」とこたえた。

「えーっ、ふつうすきでしょ？　なんで？」

ありさちゃんは「本当におどろいた！」みたいに大きな声をあげた。教室にいたみんながわたしの方を見る。

「つまんないからきらい」

「ふーん。でもよくないんじゃない？　そういうこと言うの」

ありさちゃんは「今度おもしろい本かしてあげよっか？」といって首をちょっとかしげる。

ちょっとウェーブのかかった長い髪がさらさらで、ほっぺたが白くてすべすべで、とってもきれいな子だなと思うけれど、いやな子だな、とも思う。

たしかに、こわい話がすきなひとの前で「つまんないからきらい」なんて言ったのはよくなかったかもしれない。でも、きらいなものはきらい。ありさちゃんがどんなにすすめてきても、きらいなものはきらい。

そうじのとき、別の子に「ちょっと」と小声で話しかけられて、「ありさちゃんに逆らわないほうがいいよ」って注意されたけれど、そんなこと言われたってきらいなものはきらいだから、むりやり「すき」なことにしたくなんかない。

学校にいるときくらい、そうやって過ごしたい。


わたしが転校してきた次の日、教室に入るとわたしの机がひっくり返っていた。わたしの机だけが。

みんながちらちらこっちを見ている。

わたしは背中がざわざわして、とてもいやな気分になる。ロッカーにランドセルを入れて机を直していると、ありさちゃんがこっちにやってくる。

「おはよう、ひかりちゃん！」

とてもうれしそうな顔で近づいてくる。

「机どうしたの？」

「朝来たらひっくり返ってた」

「えーっ、なんで？　ねぇ、だれかやったー？」

ありさちゃんは大きな声をあげてきょろきょろしながら、クラス中のみんなに声をかける。

「知らない」「やってない」という声があちこちからあがる。

「えーっ、変なの。こわいねー」

ありさちゃんは最後ちょっぴりだけ、机を戻すのを手伝ってくれる。しかたがないので「ありがとう」と言うと、ありさちゃんはにっこり笑う。

「どういたしまして。でも変だよねー」

ちっとも変じゃないよ、と思うけれど、わたしはだまって席につく。ありさちゃんは自分の席にまだ戻らない。

「だれも知らないなんて変だよねぇ。もしかして幽霊のしわざかな？」

わざとらしいくらいゆっくり、ゆっくりと「ゆうれい」という。

「こわい話つまんないとか言ってたから、ひかりちゃんにばかにされたと思ったんじゃない？」

わたしはだまって授業のしたくをする。ありさちゃんは「幽霊になにかされたら言いなー」と言いながら、自分の席にもどる。


それから毎朝わたしの机はひっくり返るようになった。うわばきやくつが下駄箱から勝手に移動したり、ロッカーの中身がぜんぶ床にぶちまけられていたりするようになった。

そういうことは、ありさちゃんが休んでいる日にも起こる。ほんとうにぜんぶ幽霊のしわざだったらいいな、とわたしは思う。わたしと目を合わせないようにしている子たちを見ながら、そんなことを考える。

「ひかりちゃん、また机ひっくり返されたの？　こわいねー。まだ幽霊怒ってるんじゃない？」

わたしが困っていると、ありさちゃんはとても楽しそうだ。

机がひっくり返されたり、持ち物がかくされたりしても、やっぱりこわい話はきらい。

別に幽霊を信じてないとか、バカにしてるからきらいってわけじゃない。ただ、きらいなものはきらい。

でも「幽霊」はそれじゃ納得しないらしい。

とうとう国語の教科書がどこにもなくなって、わたしはとても困ったことになった。

これまでは「さがせば出てくる」だったけれど、ほんとうにどこかに捨てられてしまったらしい。「幽霊」もかくす場所がネタ切れなのかもしれない。くだらない。

先生に聞いたら「少しの間貸しておいてあげるけど、お母さんに言って新しいのを買ってもらいなさい」と言われてしまった。

そういうの、本当に困る。

お母さんとちゃんと話をしなきゃならないから、本当に、本当に困る。

わたしとお母さんは今、ふたりで市営団地に住んでいる。

「夜中に大声を出すのはやめてください」と書かれた紙がはってある掲示板の前をとおって、

家のカギをあけると、中でお母さんがテレビに向かってどなっているのが聞こえる。

「ふざけるな！　責任とれ！」「自分だけしあわせになれると思うな！」

テレビにはぜんぜん知らないひとたちが映っている。男のひとと女のひと。男のひとは小さな男の子をだっこしている。お母さんがきらいな組み合わせのひとたち。

わたしは耳をふさいでリビングの前を通りすぎる。今は新しい教科書を買う話なんかできない。


ようやくお母さんと話ができたのは夕ご飯のあとだった。テーブルをはさんで、お母さんはわたしの顔を穴があきそうなくらいじーっと見つめる。

「なんでなくしたの？」

「……だれかに捨てられたみたい」

わたしがこたえると、お母さんは突然目を大きく開いて立ち上がる。

「なんでそういうことになってるの！　まだ友だちができないの？　どうしてうまくやれないの？　わざわざ引っ越してきたのに！」

お母さんは教科書をかくしただれかじゃなく、かくされたわたしを大きな声で責める。目と口を大きくひらいた顔がどんどん近くなる。

「あんた、うちがお金ないのわかってるよね？　教科書なんか何度も買ってあげられないんだからね？」

「わかってる」

「わかってないでしょう！　だったらどうしてなくすの⁉」

お母さんは右手でばちーんとテーブルをたたく。

お母さんには左腕がない。むかし事故で大けがをして、切断しないとならなかったらしい。だから働くのがむずかしい。おまけにお父さんと離婚したばかりだし、これからどうやって生活していくつもりなのか、わたしにもわからない。

とにかくお金がないのはわたしも知ってる。でも、教科書をなくしたのはわたしのせいじゃない。ほかのだれかが勝手にやったんだから、わたしは悪くない。

でも、だまって頭を下げているしかない。

「いい？　次はないからね」

お母さんのお説教が終わると夜の九時をすぎていて、わたしはこれからお皿を洗ったり、宿題をしたりしなきゃならない。今日がもうほとんど終わりかけているっていうのに、わたしはまだ終わりにできない。

冷たい水で洗いものをしながら、こわい話がすきって言ったら「幽霊」はわたしの教科書返してくれるかなって、考えごとをした。きらいなものはきらい。でも、お金がかかるのはほんとうに困る。意地なんかはってる場合じゃないのかもしれない。

でもやっぱり、こわい話なんかきらい。

どうしてわざわざこわい思いをしなきゃならないのか、ぜんぜんわからない。そんなことしたってぜんぜんたのしくない。

こわいものなんかその辺にころがっているのに。

わたしなんか、お母さんといる間はずっとこわがっている。


洗いものを済ませたわたしは、お母さんに「宿題をする」と伝えて部屋にとじこもった。こう言っておけば、お母さんはしばらく声をかけてこない。

小さくて古くさい畳の部屋だけど、わたしの部屋。わたしはこの場所が世界で一番すきだ。押入れだってあるし、ナイナイだってここにいる。

「ナイナイ」

わたしが声をかけると、押入れの中でコトッとかすかな音がする。

はじめて会ったとき、ナイナイは押入れの中の暗やみが濃くなったみたいなものだった。そこにいるのがぼんやりとわかるだけだったけど、最近は音をたてるし、ちょっぴりならさわることもできる。

ナイナイが前の家からいっしょにきてくれて、よかった。たぶん、段ボールに入ってついてきてくれたのだ。

わたしは押入れの中に入って、ひざをかかえて座る。なにか暗いものが、そっとわたしによりそう気配がする。

わたしはこわい話はきらいだけど、幽霊やおばけがきらいなわけじゃない。

ナイナイのことは、大すきだ。


国語の教科書がなくなったことを先生に相談したからか、そのあと、持ちものがなくなることはなかった。

それだけじゃなくて、机もひっくり返らなくなったし、くつを捨てられたりすることもなくなった。先生がみんなに注意したりして、ちょっとおおごとみたいになってしまったから、「幽霊」も気をつけることにしたんだと思う。

「幽霊」だってそのうち私立の中学校を受験したりするかもしれないし、いたずらやどろぼうをしたことがばれたりしたら、さすがにまずいんだと思う。ありさちゃんの、そしてクラスのみんなの顔を見るたび、わたしはそんなふうに考える。


わたしはこわい話がすきになったふりをして、図書室でこわい本を借りたりするようになった。いたずらはなくなったけど、また「幽霊」を怒らせるとめんどくさい。お母さんが怒るから、こわいテレビや動画は見られないけど。

こわい話の本も、物語としてはおもしろかったりして、今までは食わずぎらいだったんだな、とわたしは知る。たまにクスッと笑えるような話もあって、こわがらせるばかりじゃないんだということもわかる。

わたしに話しかけてくる子はだれもいないから、わたしは図書室の本を教室で読んでいるだけで、だれかと感想を言いあったりはしない。でも、それでいい。

いっしょに遊ぶ子がいなくて休み時間はひまなので、わたしは図書室にあるこわい本をほとんどぜんぶ読んでしまった。

でも、ナイナイみたいなおばけの話はみつからない。

ナイナイは本当におばけなんだろうか？　幽霊？　妖怪《ようかい》？　それとも妖精？　そもそもどう違うんだろう？　わたしはナイナイとなかよしのつもりだけど、ナイナイのことをまだなにも知らない。

でもきっとナイナイは、ほかのだれよりもわたしのことをよく知っている。わたしはナイナイの前では無理しないし、うそもつかない。そんな相手はナイナイだけだ。

テストで、たまたまわたしの成績がありさちゃんの成績を抜いてしまった。一度だけ、一教科だけ、たまたま、まぐれだ。それでもなんかありさちゃんは納得できないというか、すごくいやな気持ちになったらしい。

その次の日に教室にいくと、ひさしぶりにわたしの机がひっくり返っていて、おまけに引き出しのうらに「死ね」とマジックで書かれていて、ああすごくいやだなぁと思う。

また「幽霊」が出るようになったんだ。わたしは「幽霊」のことなんか、ちっとも気にしていないのに。

「ひかりちゃん、どうしたの？　片付け手伝おうか？」

とりあえず「死ね」は放っておいて机の向きを直していると、ありさちゃんがニコニコしながら話しかけてきた。わたしに話しかけてくるなんて何日ぶりだろう。

「だいじょうぶ」

「え～？　ほんとに？　また幽霊かもよ？」

「つまんないいたずらしかできない幽霊だからだいじょうぶ」

わたしがそう言うと、ありさちゃんはちょっと口のはしっこがひきつったような変な笑い方をする。

「えーっ、そう？　勝手に机がひっくり返ってたら、こわいけどなぁ」

「そしたらまたもどせばいいし」

「そういえばなくなった教科書、みつかった？」

わたしはありさちゃんの顔を見た。急に胸の中がぐつぐつ煮えるみたいな気持ちになってしまって、こんなときはなんていったらいいのかわからない。ありさちゃんは今日もかわいくて、おしゃれで、耳の上の髪をあみ込んでいて、それはお母さんにやってもらうのかな、とか、全然関係なさそうなことを考えてみる。うちのお母さんは絶対そういうことやってくれるようなひとじゃないんだよ、勝手に髪の毛切られそうになったことならあるけど――なんて言ったらありさちゃんはどんな顔をするだろう。

そんなことを考えていると、わたしの中からだんだん怒りが消えていって、代わりにだんだんかなしくなってきてしまう。

その日はくつにも「死ね」とマジックで書かれていて、こすっても落ちないので、わたしはそのままそのくつを履いて家に帰った。

たぶんお母さんが見つけるだろうな。「変な汚し方しないで」とか「友だちとうまくやれって言ったのに」とか言って、きっとわたしをしかるんだろうな。

考え事をしながらとぼとぼ歩いていると、なみだが出そうになる。

いっそ、死ねって言われてすぐに死ねるんだったらいいのに。

もしも死んでおばけになったら、ナイナイとお話しできるかもしれない。一日中押入れのなかにいたって、もうだれにも怒られないし、学校にもいかなくていいんだ。

お母さんがお父さんに電話をかけている。

どうやらお父さんは、お母さんにお金をわたさなきゃいけなくて、なのにわたしていないらしい。どうしてお父さんがお母さんにお金をあげなきゃいけないのか、わたしにはよくわからない。お父さんとお母さんは離婚して、他人どうしになったはずなのに（お母さんがそう言っていた）、そうしなきゃいけない決まりがあるんだろうか。

お母さんの声がどんどん大きくなる。高くなる。叫びだす。

お金がもらえなかったら大変だろうなとは思うけれど、わたしはそれよりも、別のことが気になってしかたがない。またポストに「しずかにしてください」って手紙を入れられてしまう。掲示板のはり紙だって、絶対にうちのことだと思う。

わたしにはすごくうるさく注意するくせに、わたしが「しずかにして」と頼んだときは、お母さんは顔をまっかにして、どなったり、わたしの髪をひっぱったりする。

「そういうこと言うあんたの顔、お父さんにすごく似てる」

それはとても悪いことなんだって、お母さんの目がそう言っている。

わたしはなにがいいことでなにが悪いことなのかわからなくなってしまう。わたしの顔が全然ちがう子の顔だったら、お母さんはよろこぶんだろうか？

でもそんなこと、わたしにはどうしようもない。

わたしは最近、図書室で民話の本を借りるようになった。

図書室にあるおばけの本はもうぜんぶ読んでしまって、それでもこわい本がないかさがしていたら、司書の先生がすすめてくれた。

「全部じゃないけど、たまにおばけの話がのってるよ。ほかの話もけっこうおもしろいから、読んでごらん」

民話の本はいっぱいあって、今は岩手県の本を読んでいる。

名前だけどこかで聞いたことがあった「ざしきわらし」の話がのっている。むかし、ざしきわらしがどこかの小学校に出たけれど、大きな子や先生には見えなかったらしい。

そういえば、お母さんはナイナイのことがわかるんだろうか？　お母さんもわたしの部屋に入って押入れを開けたりするはずだけど、ナイナイのことはなんにも言わないから、ぜんぜん気づいていないのかもしれない。

それでいいと思う。もしお母さんがナイナイのことに気づいたら、ナイナイを追い出してしまうかもしれない。

押入れのなかに入ると、ナイナイはわたしにそっとよりそってくる。最近、ちょっとあたたかさを感じるような気がしてきた。

ナイナイの名前は、わたしが勝手につけた。かたちもない、声もない、顔もないから、ナイナイ。ないものだらけだけど、ナイナイはちゃんと押入れの中にいる。

最近は四年二組どころじゃなくて、学校ぜんぶがおばけブームみたいになっている。

三階の女子トイレ、ちょうど四年二組にいちばん近くて、みんながよく使うところに、女の子の幽霊がでるってうわさになっているのだ。

その女の子は一番おくの個室にいて、となりの個室に入っていると、だれもいないはずなのにしくしく泣き声が聞こえたり、手を洗うところの鏡に、長い髪の女の子が映ったりするらしい。だれかの友だちが見たとか、学校にきた工事のひとが見たとか、そういう話がとび交っている。その幽霊に会うと死ぬらしいなんて、まだだれもトイレで死んだわけじゃないのに、そんなうわさまで広まっている。

なんの証拠もないのに、みんなけっこうこわがっている。何人も集まってキャーキャーさわぎながらトイレに行ったり、わざわざべつの階のトイレを使っている子もいるくらいだ。そうやっているところも楽しそうだから、みんな幽霊のうわさで遊んでいるだけなのかもしれないけれど。

わたしはいっしょに行く友だちもいないし、別のトイレは遠くてめんどくさいので、幽霊が出るっていうそのトイレを、今までどおりに使っている。

ありさちゃんはわざわざわたしに近づいてきて、「ひかりちゃん、トイレの幽霊こわくないの？　ドンカンだね〜」なんて話しかけてくる。とても楽しそうに、にやにやしながら。うわさだけの幽霊より、机をひっくり返したりする「幽霊」の方がよっぽど迷惑でこわいよ、と言いたくなるけど、言わない。またいじわるされたらいやだから、がまんしている。

でもじつは、こんなうわさだけの幽霊を、ありさちゃんは本当にこわがっていたのだ。

放課後は、学校の空気みたいなものがいつもとちょっとちがう。教室にはだれもいなくなって、校庭や体育館や、音楽室がにぎやかになる。人に会わなくていいから、わたしは放課後がすきだ。

その日はちょうど二階のトイレが工事中で、もう夕方だっていうのに下から工事の音がガンガンきこえていた。校舎のなかは音がよくひびく。

わたしはノートを五冊かかえて、教室にもどってきたところだった。わたしのノートを、「幽霊」がまた勝手にもちだして、昇降口にかくしたのだ。さがしていたら、すっかりおそくなってしまった。

教室が近づいてくると、トイレの前の廊下にだれかがぺたんとすわっているのが見えた。

わたしは思わずぎょっとしてしまった。それはありさちゃんだった。

なんでこんな時間にトイレの前なんかにいるんだろう？　ありさちゃんはクラス委員だから、先生になにか用事をたのまれて、それでひとりだけ帰るのがおそくなったのかもしれない。でも、なんであんなところにすわっているのかがわからない。

ありさちゃんも、わたしを見てぎょっとしたみたいだった。立ち上がりかけたとき、広がったスカートの下からじわじわと水たまりが広がるのが見えた。

なにがあったのか、すぐにはわからなかった。でも、ありさちゃんの顔を見ていたらわかってきた。

ありさちゃんは、トイレに間に合わなかったのだ。たぶん、あの幽霊のうわさのせいで。

本当におどろいた。だって、四年生にもなっておもらしするなんて。しかもそんなことを、よりによってありさちゃんがやらかしてしまうなんて、思ってもみなかったのだ。

だってありさちゃんは優等生で、なんでもできて、四年二組の女王さまなのに。いくらおばけのうわさがこわくたって、下のトイレが工事中で使えないからって、こんな失敗をするなんて、うそみたいだった。

ありさちゃんはまっしろな顔をしていて、まるで死んだ人みたいに見えた。わたしと目が合うとしくしく泣き始めてしまって、わたしはますますおどろいた。わたしをあんなに困らせておいて、自分はこれだけのことで泣くなんて、そんなことあるんだろうか。おどろいた気持ちがあんまり強かったので、わたしはありさちゃんがきらいなことも、ありさちゃんに怒っていたことも、とっさに忘れてしまった。

「ぞうきんとか、いる？」

そうたずねたことに、わたしは自分でびっくりした。ありさちゃんも「えっ？」っていう顔をした。

言ってしまったものはしかたないので、わたしはトイレに入ると、そうじ用のロッカーからバケツやぞうきんをもってきた。

わたしはだまって床をふいた。ありさちゃんはだれもいない教室に入って、体操服に着がえて出てきた。それから、バケツからぞうきんを一枚とりだすと、わたしといっしょにだまって床をふき始めた。

わたしはまだびっくりしていた。あんなにこわい話がすきだったありさちゃんが、おばけがこわくてトイレに入れなかったなんて。びっくりをひきずっているわたしに、ありさちゃんが突然言った。

「だれにも言わないでよ」

えらそうな言い方だったからちょっといらっとしたけど、わたしは「いいよ」とこたえた。

「でも、わたしの机をひっくり返したり、ものをかくしたりする幽霊がいたら、もうやめるように言っといてくれる？」

ありさちゃんはちょっとだまって、「わかった」とこたえた。


運よくだれも三階にこないうちに、わたしたちはそうじを終わらせることができた。バケツを片付けにトイレのなかに入ると、入口にいるありさちゃんが、

「ひかりちゃんは、なんで幽霊がこわくないの？」

と言った。

わたしはすぐにナイナイのことを思いうかべた。こわくないおばけを知ってるからだよなんて、言ったら信じてもらえるだろうか。わからなかったので、わたしはなにもこたえずに聞き返した。

「ありさちゃんはこわいの？」

どうなんだろ、と思っていたら、ありさちゃんはこくんとうなずいた。

「こわい話すきなのに、幽霊はこわいの？」

わたしがそう聞くと、「それとこれとは別でしょ」と言われた。

わたしはちょっといい気分だった。ありさちゃんは幽霊をこわがっている。それはありさちゃんが、こわくない幽霊を見たことがないからだ。

その点、わたしにはナイナイがいるからよく知っている。ナイナイが幽霊なのかどうかはわ

たしにもよくわからないけど、とにかくわたしにはとてもやさしい。ちっともこわくない。

わたしはありさちゃんの秘密を知っただけじゃなく、ありさちゃんが知らないことまで知っているんだ。

「実はね、うちにこわくないおばけがいるの」

そう言うと、ありさちゃんはなんともいえない、へんな顔をする。ちょっとおこってるみたいで、でも目はきらきらして楽しそう。

「それ、ほんと?」

ありさちゃんが言う。

その声を聞いて、わたしはようやく、ありさちゃんも「こわくないおばけ」を見てみたいんだ、と気づく。ありさちゃんは、おばけの話はすきだけど、本物のおばけはこわい。でもやっぱり興味はあるんだ。それにもしも「おばけはこわくない」ってことがわかったら、ひとりでもここのトイレを使えるようになる。

どうしよう。そのときわたしは、ふとお母さんのことを思い出した。

もしもわたしが同じクラスの子を家につれていったら、お母さんはきっとよろこぶ。お友だちをつれてくるってことは、学校でうまくやってるって証拠になるから。しかもそれがありさちゃんみたいな、見た目のかわいい女の子だったら、お母さんはもっとよろこぶはずだ。

「……うちに見にくる?」

わたしがそう言うと、ありさちゃんはちょっととまどったみたいだった。口元がむずむずっと動いて、たぶん「いい」と言いかけた。

でもその言葉はけっきょく出てこなくて、もう少し待ったあとで、ありさちゃんはとうとう大きくうなずいた。


つぎの日の放課後、ありさちゃんは本当にわたしの家に来た。

「うわ、ほんとにおばけ出そう」

団地の前に立ったありさちゃんはそう言って、それから「まずい」って顔でわたしの方をちらっと見た。トイレのことがあってから、ありさちゃんはわたしにニコニコ笑いかけなくなった。

実際おばけ屋敷みたいなボロなので、わたしはなんとも思わない。ナイナイは団地に住んでたおばけじゃなくて、前の家からつれてきたおばけだから、この団地のボロさは関係ないけれど。

わたしが思っていたとおり、お母さんはありさちゃんを見るとすごくよろこんだ。こんなにうれしそうなお母さんを見たのはひさしぶりだ。

きっとわたしが「学校でうまくやっている」んだと思ったんだろう。同じクラスの女の子が、それもかわいくてお行儀のいい子があそびにきてくれたんだから。

「ちらかってるけど、どうぞ」

お母さんはやさしい声でそう言ってから、わたしにこっそり、リビングにはぜったい入れないでよ、とこわい顔をした。

リビングは昨日、お母さんが怒ってめちゃくちゃにちらかしたから、まだきれいになっていないのだ。落としたものなんかはわたしがもとに戻したけど、切りさいたカーテンはどうにもならない。

「おじゃましまーす」

ありさちゃんはお母さんの左腕がないのを見て、ちょっとおどろいたみたいだったけど、にっこり笑ってお手本みたいなあいさつをした。くつもきちんとそろえて置いた。

どっちみちリビングになんか用がない。わたしはありさちゃんを、わたしの部屋までまっすぐつれていった。

ありさちゃんは、今度は「せま」と言った。でも、お母さんがジュースを持ってきたときはまたニコニコしていた。

「どこに出るの？　おばけ」

「そこの押入れ」

わたしはそう言って、ありさちゃんの後ろを指さした。ありさちゃんは「いっ」と声をあげてとびのいた。

「どういうのが出るの？」

「なんか……影みたいなやつ」

わたしはそう言いながら、やっぱりやめておけばよかったかもしれない、と後悔した。

見せ物みたいにされたら、ナイナイはいやがるかもしれない。わたしのことをきらいになるかもしれない。

もしもナイナイがいなくなってしまったらどうしよう。

ありさちゃんが家に来たいって言ったときは、正直ちょっとおもしろいと思った。ナイナイを見たらなんて言うかも気になった。でも、今は心配だ。

ありさちゃんにナイナイのことがわかるかどうかはわからないけど、最近ナイナイはまた手ざわりがはっきりしてきて、ぷつぷつと声みたいなものまで聞こえるようになった。もしもざしきわらしみたいに「子どもにだけわかるもの」なんだとしたら、ありさちゃんにもナイナイのことがわかるはずだ。わたしとありさちゃんは同級生なんだから。

押入れはしずかだった。なんの音もしなかった。

わたしはためしに「ナイナイ」と声をかけてみた。中でナイナイが動いたのが、わたしにはわかった。

「なにそれ、おばけの名前?」

「うん」

名前がこわくなかったせいかもしれない。ありさちゃんはちょっと余裕っぽく笑ってみせた。

「中、見てみる?」

「うん」

ありさちゃんはバッグからスマホを出して、カメラモードにした。

そういえば、ナイナイは写真に写るんだろうか？　やったことがないからわからない。押入れの中は暗いけれど、それでも写真にとったらなにかわかるだろうか？

「じゃあ、開けるね」

わたしは思いきって押入れを開けた。

中にはふとんとか、荷物の入った段ボール箱が入っているだけだ。ナイナイの姿は、明るいところではわからない。

「なんにもないじゃん」

ありさちゃんはそう言いながら、とりあえず写真はとっている。

「暗くないとわかんないよ。中に入って、ここを閉めないと」

わたしが言うと、ありさちゃんの顔がひきつった。

「どうする？」

ありさちゃんはわたしの顔をちらっと見て、それから窓の外を見た。まだ明るい。日が沈むまでには時間がある。だったら大丈夫だと思ったのか、

「じゃあ、入ってみる」

と言った。

ありさちゃんが押入れに全身を入れたのを見て、わたしはふすまに手をかける。

「じゃあ閉めるね」

ナイナイは大丈夫かな。どきどきする。でも、もうあとに引けない。「やっぱり帰って」な

んて言ったら、またありさちゃんは機嫌がわるくなって、「幽霊」がわたしの持ち物をかくしたり、汚したりするようになるかもしれない。おもらしのことをばらしても、わたしのうそだと言いはられたら、だれにも信じてもらえないかもしれない。

でも、ナイナイだけはわたしの味方だと思う。きっとわたしを助けてくれる。

おねがい、ナイナイ。いなくなったりしないで。

心のなかで祈りながら、わたしはふすまを閉めた。

「なんにもないよ」

ありさちゃんの声がした。

「そう」

わたしはがっかりして、心配になった。

やっぱりわたしが勝手にひとを連れてきたから、ナイナイはわたしに怒ってどこかに行ってしまったのかもしれない。胸がきゅっとなる。

そのときふすまの向こうから「あっ」とありさちゃんの声がした。

「なんかある、なにこれ」

ごそごそ、と動く気配がして、それから、ものすごい声がした。

「ぎいいぃいぃいい――」みたいな、頭のてっぺんから出るみたいな声。

ありさちゃんの声だと、すぐにはわからなかった。

「いやー！　あけて！　あけて！　あけて！」

ふすまがどん！　どん！　と押された。わたしはとっさに外からふすまを押さえた。どうしてそんなことをしたのか、よくわからない。でも、そうしないとだめなんだと思った。

「出して！　おかあさん！　おかあさん！」

ばたばたとあちこちに手足のあたる音がする。

わたしは夢中でふすまを押さえながら、頭のなかがぐちゃぐちゃになっていった。どうしよう。どうしようどうしようどうしよう。

ありさちゃん。

ナイナイ。

だんだんなんにもわからなくなって、押入れの中にいるみたいに、目の前がどんどん暗くなっていく。


「ひかり！　起きて！」

だれかに肩をゆさぶられて目が覚めた。窓の外に夕焼けが見えた。

部屋はもうかなり暗くなっていた。わたしは押入れの前にたおれていた。

わたしをゆさぶっていたのは、ありさちゃんだ。

「あっ、起きた。よかったぁ。ひかり、寝ちゃってたんだよ」

ありさちゃんはいつもみたいに明るい声で言って、わたしの頭をぽんぽんとたたいた。

「きっとつかれてたんだね。あたし、もう帰るね！」

そう言うとありさちゃんは、さっさと部屋を出て行ってしまった。途中でリビングから顔を出したお母さんにも、「おじゃましましたー」と声をかけた。

あんなにさわいだはずなのに、お母さんはなにも言わなかった。「また来てねー」と、ごきげんでありさちゃんを見おくる。

「ひかり、またあした学校でね。じゃあね！」

ふつうに仲のいい友だちみたいに手をふって、ありさちゃんは家を出ていってしまった。

わたしはぽかんとしてそれを見送った。それからすぐにナイナイのことを思い出した。

（ナイナイ！）

押入れに入ってふすまを閉めると、いつもみたいな真っ暗やみになった。でも、ナイナイはいなかった。

その日からナイナイは、押入れの中からいなくなってしまったのだ。

つぎの朝、わたしが教室にいくと、ありさちゃんが一番に「ひかり！　おはよう！」とあいさつしてくれた。

ふだんだったら絶対にこんなことないし、いっしょに話してた子たちもびっくりしている。

わたしがもじもじしていると、ありさちゃんはわたしの方にぱたぱたと走ってやってきた。

「おはよう?」

もう一度そう言って、わたしの目をじっとのぞきこむ。こんな顔、ありさちゃんだけじゃなくて、今までだれにもされたことがない。

なんていうんだろう。「すきですきでたまらない」みたいな顔だ。

授業中も、ありさちゃんはときどきわたしの方をふりむいて、うれしそうににこっと笑う。

わたしはどんなふうに返していいのかわからなくて、でもなんだかうれしくてどきどきしてしまう。

でも、こわい。

昨日あったことはわたしの夢なんじゃないかと思っていたけれど、でも、やっぱり夢にしては変だと思う。ありさちゃんがうちに来たのは本当のことなんだし、なにかが起こったことは確かなはず。

それに、ナイナイだっていなくなったままだ。

ありさちゃんにちゃんと話を聞かなくちゃ。

休み時間、ありさちゃんに「ふたりで話したい」と言うと、ありさちゃんは「いいよ！」とすぐに返事をしてくれた。今まで話していた友だちには「ちょっとごめんね！」と声をかけて、わたしの手をぎゅっとにぎる。

「行こ、ひかり！」

わたしたちはいっしょに渡り廊下に行った。いつもあまり人がいないからだ。わたしたちはなんとなく、そろって手すりの上に両手をのせて、下をながめながら話をした。

「昨日、ありさちゃん、うちにきたでしょ?」

「うん、楽しかった。ありがとね! また行っていい?」

「うん、いいけど……あの、わたし、ありさちゃんに押入れを見せたでしょ? そのあとって、その――どうしてた?」

「そのあと?」ありさちゃんはわたしの方を向く。小鳥みたいにかわいらしく首をかしげて、

「うーん、押入れの中を見せてもらったでしょ。で、なんにもなかったーって言って押入れから出してもらって、それからジュース飲みながらいろいろ話してたんだよね。そしたらひかりがなんかうとうとし始めて、つかれたって言って寝ちゃったんだよ」

「そう……?」

「うそぉ、覚えてないの?」

ありさちゃんはそう言って、わたしのおでこに手をあてた。やわらかくてあったかい。

「だいじょうぶ? ひかり、体調わるいんじゃない?」

「ううん……だいじょうぶ。ありがとう」

渡り廊下には屋根がない。空はよく晴れて、今日はとても明るい。気持ちのいい風が吹いている。

なのにこわい。これ以上ありさちゃんに話を聞くのがこわい。本当はなにがあったのかなんて、知らない方がいいような気がする。

「ひかり、気分わるくなったりしたら言ってね? 保健室ついてってあげるから」

「うん……あ、あのさ、ありさちゃん」

わたしはもうひとつだけ、とても気になったことがあって声をかけた。ありさちゃんは「なーに？　ひかり」と言ってまた、わたしをじっと見つめる。

「あのさ、ありさちゃんって、前からわたしのこと『ひかり』って呼んでたっけ？　『ひかりちゃん』じゃなかったっけ……」

ありさちゃんの動きが、ぴた、と止まる。動きがなくなって、表情がなくなって、ありさちゃんは急に人間をやめたみたいに見えた。

「……そうだったっけ？」

またいきなり、ありさちゃんが人間に戻る。「忘れちゃった」

「そっか……」

「あ、もしかして『ひかりちゃん』の方がよかった？　だったら」

「ううん、そういうんじゃなくて、ちょっとそんな気がして気になっただけ」

わたしはあわててそう返した。ありさちゃんはうれしそうに笑いながら「そっかぁー」と言った。

「あ、そろそろ戻ろっか。チャイム鳴っちゃう」

ありさちゃんはそう言うと、わたしの手をぎゅっとにぎった。

わたしは、自分の手がふるえているような気がした。それがありさちゃんにばれるんじゃないかって、気になってしかたがなかった。

そのつぎの朝、わたしが教室に入ると、ありさちゃんがまた一番に振り返って「おはよう！」と言う。

ありさちゃんと話していた女の子たちもわたしの方を見る。

「あ、ひかりおはよう！」

「おはよー！」

その子たちも口々に声をかけてくる。まだ一度もちゃんと話したことがないような子まで、ニコニコしながらわたしにあいさつをする。

わたしがランドセルをロッカーに入れるとありさちゃんが来て、「ひかりもいっしょに話そ」と言って、わたしの手をぎゅっとにぎった。

ありさちゃんと仲のいいグループの子たちは、まるでわたしもずっと同じグループだったみたいに話しかけてくる。なにかの話をしていて、わたしがそのことを知らなそうだったら、ていねいに教えてくれるか、別の話に切りかえてしまう。

ありさちゃんは休み時間になるとわたしのところにやってきて、「いっしょにいてもいい？」と聞いてくる。断るのがこわくて、わたしは「いいよ」と答えてしまう。放課後はわたしのところに来て、「いっしょに帰ろ！」とさそってくる。

「ねぇ、今度うちにこない？　こないだひかりの家に行ったから」

「えっ、ありさ、ひかりんちに行ったの？」

話を聞きつけて、ほかの子も声をかけてくる。

「いいなぁ、私も行ってみたい！」

「あの、うちせまいし、古いし」

「じゃあ今度、うちでみんなで遊ぼ！」

ありさちゃんが言うと、みんなも「いいね！」「行きたい！」と声をそろえる。

おどろいているわたしに、ありさちゃんが「ひかりも来るよね？」と声をかけてくる。

「ひかり、あたしの部屋ね、いっぱい本があるよ。幽霊とかの本。妖怪とかＵＦＯのもあるよ。なんでも読みたいやつ貸してあげる。ひかり、こわい話よく読んでるもんね？」

わたしは、なんて返事をしたらいいのかわからなくなってしまう。

その日はみんなでおしゃべりしながら、にぎやかに下校した。まるでずっと前からこうやっていたみたいに、みんな当たり前のような顔をしていた。


次の朝、わたしが教室に入るとやっぱりありさちゃんが一番に「ひかり！　おはよう！」と声をかけてくる。

それからありさちゃんと同じグループの子たちも、別のグループの女の子も、男の子たちも、口々に「おはよう！」「おはよう！」と、わたしに声をかけてくれる。わたしにやさしくしてくれる。

もうわたしの机がひっくり返っていることなんかない。

ロッカーの中身がばらまかれていることもない。

持ち物がなくなったり、汚されたりしていることもない。


「ひかり、ちょっと髪さわってもいい？　元がかわいいんだから、アレンジしたらぜったい似合うよ！」

ありさちゃんはわたしの髪をとかして、上手にあみ込みをしてくれる。ありさちゃんだけじゃなくて、教室にいたみんなが「かわいい！」「似合うね」ってほめてくれる。

「でしょー。お姫さまみたいじゃない？　やっぱりひかりは元々かわいいんだよ」

ありさちゃんは自分が「かわいい」って言われたみたいに、うれしそうにニコニコしている。


今までは、ありさちゃんが四年二組の女王さまみたいだった。

今はわたしが、四年二組のお姫さまみたいになっている。


わたしが学校でうまくやっているので、お母さんは少し機嫌がよくなって、あまり前みたいに怒ったりしない。

それどころか、少しやさしくなった気がする。

ありさちゃんはときどきうちに遊びにくる。そのたびに、お母さんはどんどんやさしくなっていく。前みたいに部屋をめちゃくちゃにしないし、ものをこわしたりもしない。片腕で家事をして、わたしが手伝うととてもよろこぶ。お礼も言ってくれる。

今まではそんなことなかったのに、まるで前からずっとそうやってたみたいに、当たり前みたいに、やさしい。

ナイナイはもうずっと、押入れの中からいなくなったままだ。

転校してきてから一年がすぎて、わたしとありさちゃんは五年一組になった。クラス替えで別の教室になった子たちも、休み時間になるとわたしに会いにきてくれる。新しくいっしょのクラスになった子たちとも、すぐになかよくなれた。

でも、一番なかよしなのはやっぱりありさちゃんだ。

「ひかり、中学は公立に行くんだよね？　わたしも公立にしたいなぁ」

ありさちゃんは、そんなことまで言い出すようになった。

ありさちゃんは勉強ができて、家もお金もちだから、ちょっと遠くの私立中学校を受験するものだとみんなが思っていた。もちろん、わたしも。なのに、

「私立に行ったたって、ひかりがいないんだったらつまんないもん」

なんて言う。

「でも、もったいないよ。ありさちゃん頭いいのに」

わたしのために中学校を変えるなんて、あまりにも責任重大だ。なんだかこわくなってきてしまう。

「それにありさちゃんが公立にしたいって言っても、お父さんとかお母さんは私立に行ってほしいと思うんじゃない？　先生だってそう言うだろうし……」

わたしがそう言うと、ありさちゃんは「ふふっ」と笑って、わたしをじっと見つめる。

「大丈夫だよぉ。お父さんもお母さんも、先生だって、話したらきっとわかってくれるって！」

こうして六年生になる前に、ありさちゃんはもう公立中学校に行くことを決めてしまった。私立の受験はしない。お父さんもお母さんも担任の先生も、いつのまにかそれでちゃんと納得しているらしい。

「まぁ、今とくべつ公立が荒れてるわけじゃないしね。本人が行きたいところに行くのが一番だと思うの」

ありさちゃんの家に招待されたとき、ありさちゃんのお母さんがわたしにそう言った。ありさちゃんのお母さんだけあって、やっぱりとても美人だ。

「ありさってね、家でもひかりちゃんの話ばっかりしてるの。ひかりちゃんのことが大すきなのよ。中学校に行ってもなかよくしてね」

大人にあらたまってそう言われると、どきどきしてしまう。「はい」と返事をしながら、わたしはお母さんの、ありさちゃんによく似た顔をながめる。

お母さんもあの「すきですきでたまらない」みたいな顔をしたらどうしよう、と思って、背中がすっとさむくなる。

おかしい。

ナイナイがいなくなった日から、ずっとずっとおかしくなったままなのだ。

わたしにはどうしようもない。いじめられていた頃に戻りたいわけじゃないし、第一どうやったら戻れるのかもわからない。

わからないまま、わたしは五年一組のお姫さまみたいに扱われて、そのまま六年一組のお姫さまになった。

お母さんはもう、ぜんぜん怒らなくなった。わたしが部屋をちらかしたり、休みの日に寝坊したりしても、「しかたないわねぇ」とニコニコしている。今はありさちゃんのお母さんが趣味でやっているっていうきれいなカフェで働いていて、前みたいに髪がぼさぼさじゃないし、お化粧もきちんとしている。

お母さんがやさしくなって、きれいになって、もちろんうれしくないわけじゃないけれど、でも、思ってしまう。

おかしい。

でも、どうしたらいいのか、どうなるのがいいのか、わからない。

おかしいまま一学期が終わって、二学期が終わって、三学期が終わって、卒業式の日がやってきた。

みんなが泣いている。卒業する子たちだけじゃなくて、先生たちも、下級生の子たちも泣いている。

「ひかりちゃんが卒業しちゃうなんてさびしい」

「もう会えなくなるなんて」

「中学生になっても遊びにきてね」

わたしが顔を知らないような子まで、そんなことを言って泣く。

言えない。

今さら「みんなおかしいよ」なんて、言えない。


そして、わたしは中学生になる。

「よみご」のシロさん

「口論の末、男に水をかける女」というものを生まれて初めて見た。

と、黒木《くろき》省吾《しょうご》は他人事《ひとごと》のようにそう思った。

実際には女がかけたのは水ではなく水出しの緑茶であり、ふたりの口論というのも痴情のもつれによるものではなかった。ついでにいうなら黒木にとって、それは「他人事」ではなかった。

彼は今しがた緑茶をかけられて、尖《とが》った顎《あご》の先からしずくをポタポタ垂らしている男・志朗《しろう》貞明《さだあき》のいわゆるボディガードとして雇われているのであり、なんらかの危害を加えられる前に彼の身を守るのが仕事だ。だから本来なら、お茶をかけられるのを黙って見ているべき立場ではない。

幸い、雇い主である志朗はニヤニヤしていた。なかなか帰ろうとしない面倒な客を強引に追い返すための大義名分が出そろったと言わんばかりで、実際彼はこの直後、黒木に向かって「お客さんにお帰りいただいて」と嬉《うれ》しそうに命じた。

黒木は言われたとおりに女を追い出した。四十絡みの化粧の濃い女は、ふたりを罵倒《ばとう》しながらマンションを出て行った。

ほんの数分間でどっと疲れた。黒木はどちらかといえば臆病《おくびょう》で温順な性質で、ガードマンのような仕事が向いているかと問われれば正直向いていないと言わざるをえない。

ただ体格はいい。身長一九〇センチ、体重一〇八キロの巨体で目の前に立たれると、何もしなくても相手は威圧感を覚える。なればこそ、志朗の個人事務所に雇われることになったのだ。

この2LDKのマンションの一室は、志朗貞明の自宅兼事務所である。彼を頼ってきた人々は、ほぼ例外なく玄関に一番近い応接室に通される。その部屋の隅っこに立って、客人が不審な行動をしないか見張るのが黒木の仕事だ。幸い、警察を呼ぶような事件になったことはまだ一度もない。

「いや、ひさしぶりにああいうの来たねぇ、あんなしょうもないのは客じゃないよ」

黒木が玄関から戻ってくると、志朗はすでに洗面所の棚からフェイスタオルを取り出していた。後ろで括《くく》っていた髪をほどき、頭を拭《ふ》いている。濡《ぬ》れた顔をきれいに拭《ぬぐ》っても、両目は閉じられたままだ。だから志朗はいつも笑っているように見える。

どう上に見積もってもまだ三十代であろう彼の髪は、雪のように白い。脱色したのではなく、自然にそうなったのだという。そうなるまでの道のりを黒木は知らない。かつては彼と同じように見えていたらしい志朗がなぜ全盲になったのかも、教えてもらったことはない。

「一瞬、志朗さんがプライベートで揉《も》めたことのある女性かと思いましたよ」

黒木が半分冗談、半分本気で言うと、志朗の方は完全に冗談らしく大袈裟《おおげさ》に「ないわぁ〜」と返す。

「確かにボクは年上好きだけど、あれはないよ。最近はセフレと揉めてないし」

「今も昔もやめてくださいよ……あっ、志朗さん！　巻物は？」

黒木は突然大声を出した。志朗の商売道具がテーブルの上に出ていたことを思い出したからである。しかし志朗は慌てる様子もなく、閉じた瞼《まぶた》をぎゅっと歪《ゆが》めてへらへらと笑った。

「あんなことでどうにかなるようなもんじゃないよ。『よみご』の道具だもん」

黒木はさっきまで女が座っていたソファの前にある黒いローテーブルに目をやった。

そこには一巻の巻物が置かれていた。金襴《きんらん》表紙の太い巻物は最初の方が開かれ、中途半端に巻き戻りつつ未《いま》だテーブルの上に広げられている。

表紙にも、真っ白な本紙にも、緑茶のかかった跡などはなかった。


志朗は自らを「よみご」と称する。彼の生まれた地方特有の霊能者だという。

志朗曰《いわ》く、彼らは皆一様に盲目であり、そして扱うのはもっぱら凶事とされている。

「確かにボクは厄落とし専門ですけどね？　さっきの女性になんで私が結婚できないのかと聞かれたら、それは厄でなくてあなたの性格のせいですとしか言いようがないがな」

志朗はどこか西の方らしいアクセントが残る口調でそう言いながら、洗面所の棚を開いて着替えを取り出す。彼は持ち物の定位置をきっちりと決めていて、それがずれることは滅多にない。たまに黒木がスリッパを置く位置などを間違えると、「黒木くん、そこと違うよ」とすかさず指摘してくる。目が見えないはずなのになぜ気づくのか、黒木にはさっぱりわからない。仮に物音や振動によって感知しているのだとしても、志朗は異様に勘が鋭いと思う。

「それにしたって言い方があるでしょ。大体志朗さんは結婚のアドバイスとかするのに向いてませんよ」

「ボクは婚活アドバイザーではないからなぁ」と言いながら、志朗は慣れた手つきで髪を括り直す。

「ところで黒木くん、次のお客さんが来るまでにソファの辺り拭いといてくれる？　予約まではまだ時間があるけど、なんか、ちょっと早く着くような気がする」

それは志朗の言う通りになった。今日最後の客は、約束の時間よりも二十分早くこのマンションに到着した。


事務所を訪れた女性は、神谷実咲《かみやみさき》と名乗った。黒木と同年代の二十代後半だろう。薄手のワンピースの上に半袖《はんそで》のカーディガンを羽織っている。小柄で、いわゆるタヌキ顔の愛くるしい顔立ちだが、今その表情は硬い。

「はじめまして、神谷と申します。よろしくお願いします」

彼女が目の前に現れた瞬間、黒木はなぜか空気がひりつくような不快感を覚えた。神谷実咲は美人だし、彼に挨拶《あいさつ》をした態度も丁寧で好感が持てる。なのになんとも言い難い「厭《いや》な感じ」がしたのだ。

とはいえ、彼の一存で依頼主を追い返すわけにもいかない。自分でも奇妙だと思いながら、黒木は神谷を部屋に案内した。

神谷は室内を見渡し、それから志朗に視線を移して、「失礼ですけど、『よみごのシロさん』というのはあなたのことでしょうか?」と尋ねた。ソファセットとローテーブルがあるだけのシンプル極まりない洋室も、ごく普通の洋服姿の志朗も、彼女が漠然と抱いていた「霊能者」のイメージからずいぶん遠かったらしい。

「はい、ボクが志朗です。よろしく」

志朗は気軽な調子で返事をしたが、その実ひどく緊張しているということが、黒木の目には明らかだった。なにしろ、神谷がこの部屋に入ってきた途端、彼は普段閉じている目を数秒パッと見開いたのだ。仕事中は欠かさず入れている義眼が、まるで神谷の姿を捉《とら》えたように見えた。

初対面の神谷の方は、特に志朗の行動に違和感を覚えることもなく、ただ黒木にしたのと同じように一礼をして、「よろしくお願いします」と言った。

「どうぞ、おかけください」

「失礼します」

黒木は部屋の隅に立って、ふたりの方を眺めていた。

神谷実咲は今のところ他人に冷茶をかけそうには見えないが、それでも相当思いつめている様子ではあった。黒木がこの事務所に雇われてから一年が経とうとしている。その間、様々な人物が「よみご」を頼ってここを訪れた。今では黒木にも、深刻な理由があってここにやって来る人間と、そうでない人間との区別が何となくつくようになっている。

しかし——と彼は心の中で首を傾げる。神谷実咲に対するこの「厭な感じ」は一体何なのだろう？　無視すればすぐに忘れてしまうほどのものだが、それでも第一印象が彼に与えた影響は少なくない。なぜ彼女のことを厭だと思ったのだろう？

「加賀美《かがみ》さんのお知り合いですよね」

志朗はやはり霊能者の類《たぐい》だという知人の名前を出す。黒木も何度か聞いたことがある名前だった。神谷は深くうなずく。

「はい。加賀美春英《はるえ》さんの紹介で来ました。私の姉と甥《おい》のことで——あっ、これ必要かもしれないと言われたので、持ってきました」

神谷は手元の紙袋から、一足の靴を取り出した。

小さなスニーカーだった。新幹線を模した配色と模様で、サイズといいデザインといい、幼い子供のものと見て間違いないだろう。それなりに使い込んだものらしく、つま先などは合皮があちこち剝《は》がれ、黒っぽい染みが付着している。なおも話を続けようとする神谷を、志朗はいったん遮った。

「いや、大丈夫です。それ、ちょっとしまって、神谷さんが持っていていただけますか」

「わかりました」

神谷は紙袋に靴を戻し、大切そうに膝《ひざ》の上に置くと、緊張したように唇をなめた。

「では、さっそくやりましょう」

そう言うと、志朗はテーブルの上に例の巻物を広げた。神谷が「えっ」と小さく声をあげる。豪華な表紙を裏切るように、その中身には何も書かれていない。文字も絵もなければ、点字のような凹凸もない。ただ白い紙が、広げるにつれてするするとテーブルの上に伸びていく。

志朗は閉じていた瞼をさらに固く閉じ、紙の上に両手を置く。それから手探りで何かを探すように手を動かし始めた。

紙の上を志朗の手が這《は》う。常人にはわからない何かを、まるで特殊なセンサーで読み取っているかのように見えるその行動が、彼らを「よみご」と称する由縁らしい。神谷も、見慣れているはずの黒木までもが一種異様な雰囲気に飲まれて、一言も声を発せずにそれを見つめていた。

「あ」

少しして、志朗が声をあげた。演奏を終えたピアニストのように両手をすっと上げ、慣れた手つきで巻物をくるくると巻く。

「あ、あの」

神谷が声をかけた。「あの、何かわかったんでしょうか……」

「申し訳ありません」

志朗は座ったまま頭を下げた。「これ、ボクには無理です」

神谷は「え」と声をあげ、その形に口を開けたまま、大きな瞳《ひとみ》を開いて、目の前の志朗をじっと見つめた。黒木は何も言わなかったが、その実、彼も志朗の様子に驚いていた。


黒木省吾と志朗貞明が知り合ったのはおよそ一年前、黒木が新卒から四年勤めていた会社が突然倒産したのがきっかけだった。

零細の印刷会社だったが、ある朝出勤すると青い顔をした上司がいて、「社長飛んだぞ」と聞かされた。確かにこのところ、会社の業績はじわじわと下がっていた。しかし、かといってこれほど急に会社がなくなるとは、少なくとも黒木は思っていなかった。

前触れなく無職になった彼に、知人が奇妙な仕事を持ちかけたのは、それからまもなくのことだ。

「雑用と、それから部屋の隅に立ってるだけの仕事があるんだけど、やる?」

それが志朗貞明との出会いになった。

初めて志朗の住むマンションを訪れたとき、黒木は彼を一目見て（胡散臭《うさんくさ》い男だな）と思った。知人の紹介がなければとって返していただろう。その内心を見抜いたかのように、志朗が「ボク、別に悪いことをやってるわけじゃないから。安心してくださいよ」と言った。

「ここに来るお客さんって、切羽詰まってる人が結構多くってね。ボクも基本的にいいことは言わないもんで、荒れる人はかなり荒れるんですよ」

なんでも「凶事のみを告げる」という特性上、怒ったり、取り乱したりする客も少なくないという。そういうときに自分の手を煩わせず、穏便に追い出してくれる係がいれば助かる、ということらしい。

「足音でわかるんだけど、黒木くん、相当ガタイがいいよね。顔も恐いって言われない？　いいねぇ。ボク、そういう人を探してたんですよ。いるだけでお守りになるような見た目で、かつ真面目な人」

特に事細かな個人情報を当てられたわけでもないのに、志朗と対峙《たいじ》していると何もかも見透かされているような気分になった。ともあれ提示された条件は決して悪くなかったし、ほかに再就職のあてがあるわけでもない。知人の顔を立てることも考えて、結局黒木はこの仕事を引き受けることにした。

志朗自身、妙な魅力のある男だった。特に美形というのではないが、どこか人を惹《ひ》きつけるところがある。実際モテるようで、

「客のふりしてボクを刺しにくる女がいるかもわからん。その時もよろしくね」

と言われたこともあった。よろしくと頼まれても困る、と黒木は思ったが、幸いそのような機会もまだない。

こうして出会ってからおよそ一年、毎日のように顔を合わせていながら、実のところ黒木は志朗のことをよく知らない。

彼が一部の地域で活動する「よみご」と呼ばれる類の霊能者だということは聞いたが、そのよみごというものについてはほとんどなんの情報も得ていない。志朗の正確な年齢も、家族構成も、出身地すらも知らない。

ただ、志朗の力はどうやら本物らしい、ということはわかってきた。それがどういうものであれ、彼には凶事を言い当て、またそれを防ぐことができるのだ。

少なくとも今回のように、すぐに「無理」と結論づけるところは、これまで一度も見たことがなかった。


神谷実咲は揃えた膝の上で、両方の拳《こぶし》を、白くなるほどぎゅっと握りしめている。彼女なりに気持ちを落ち着かせようとしていることがわかる。

志朗は座ったままではあるが、彼女に向けてまだ深く頭を下げている。両手はまだ、広げた巻物の上に置かれている。

「なんでですか」

神谷がしぼり出すような声を出す。「えっ、なんか、その、それだけなんですか？　もう少し見ていただいてもいいんじゃ……」

「すみません。もう見ました。ボクでは無理です。手が出せません」

顔を伏せたまま、志朗は言う。

「えっ、えっ、おかしくないですか。だって私」

神谷は必死に言葉を続ける。「まだ話だってほとんどしていないのに。こんなちょっとのことで、何がわかるんですか?」

「わかるんです。こればっかりは理屈じゃない。ボクのような者でないとわからないことです。申し訳ありません」

「でも、加賀美さんがおっしゃったんですよ。あなたの案件だって」

あなたの案件。そう神谷は言った。

「そう言われればそうだと言えます。でも、ボクには無理です」

志朗は頑なに頭を下げたまま、「黒木くん、お客さんにお帰りいただいて」と告げた。


神谷が事務所を去ってから十数分後、マンションのエレベーターにひとりで乗り込みながら、黒木は割り切れない気持ちをまだ整理できずにいた。

ひとまず、神谷実咲を無理やりつまみだすような羽目にならなくてよかった、とは思う。あのとき志朗の最後通牒《つうちょう》を聞いた神谷は、自分からさっと立ち上がると、「お邪魔しました」と一礼して去っていったのだ。しかし、垣間見《かいまみ》えた表情からは明らかに怒りと失望が滲《にじ》み出していた。

霊能者としてなんらかの修行を積んだ様子はあるが、確かに志朗は「聖人」ではない。黒木が見たところは、むしろ俗っぽい人物だ。だが、神谷のように切羽詰まった様子で訪れた客を、あれほどすげなく追い返したことは、少なくとも彼の知る限り一度もなかった。

神谷がいなくなると、志朗はすぐにスマートフォンを取り出した。読み上げ機能の合成音声が、登録された連絡先を凄《すさ》まじい速度で読み上げる。黒木のことなど眼中にないという様子で、志朗はどこかに電話をかけ始めた。そして相手が出るとろくに挨拶もせず、一気に話し始めた。

「あのねぇ加賀美さん、とんでもない人が来たよ。いくら加賀美さんの紹介だってね、あれはボクなんかの手には余るよ。逆に加賀美さんとこでやった方がいいんじゃないの？　――いやそれは確かにボクらの担当ではあるけども、あれですよ、普段ウサギやシカしか捕らない猟師に、猟師なんだからでっかいクマを退治してこいって言うようなもんですよ。違うかなぁ。いやでもほんと、大袈裟じゃないんだから――だから、ほかのよみごに繋《つな》げられるもんならとっくに繋いでますよ。なんでこんな離れた土地でひとりでやってるか考えてみたら、すぐにわかるでしょうが」

何度か「無理」と繰り返した挙句、電話を切ると志朗は大仰に溜息をついた。「頑固なオバさんで困るよ」

電話の相手が、神谷にここを紹介した「加賀美」という人物であろうことは、黒木にも見当がついた。だが肝心の内容がどのようなものだったのか、彼にはこれ以上のことがわからない。

おまけに志朗はこの後、「今日の予約入ってるお客さんはあれで最後だから、黒木くんも帰ってええよ」と言って、黒木までも追い出してしまった。「ボク女の子呼ぶから早いめに出てもらっていい？」と言っていたのは本当なのかどうなのか。それほどの気力があるようには見えなかったが――とにかく、普段の様子とはかなり違う。

エレベーターのドアが開いた。考え事をしながらエントランスを歩いていると、突然隅の方から「すみません」と声をかけられた。

先程出て行ったはずの神谷が立っていた。その姿を見た途端、黒木は再びあの「厭な感じ」を覚えた。

「シロさんの助手の方ですよね？」

神谷はまっすぐにこちらを見ながら、小走りに寄ってきた。

人違いです、という嘘が通用しないことは、黒木が一番知っている。友人知人に「歩く仁王像」とまで言われた容姿は、そこら中にゴロゴロしているようなものではない。しかたなく彼は、きちんと彼女に応対することにした。

「確かに私は志朗に雇われていますが、助手というほどのものではありません。ただの雑用係です。『よみご』という人たちが何ものなのかすら、よく知らないんです」

そう言うと、神谷は残念そうに「そうですか」と呟《つぶや》いた。

「でも、何かご存じだったりしませんか？　どんなことでもいいんです。シロさんって、普段からあんな感じの方なんですか？」

「いや、そういうわけでは……」

どこまで話していいものか――困っていると、ロビーのドアが開いて、年配の夫婦が一組入ってきた。おそらくここの住人だろう。切羽詰まった様子の神谷と、ヌッと立っている黒木とを、不安そうな目でチラチラと見ている。

ここで長話をするのはあまりよくないな、と黒木は思った。最悪、不審人物が女性にちょっかいをかけていると勘違いされるかもしれない。強面《こわもて》が災いすることもあるのだ。

「すみません、神谷さん。お話があるのなら、どこかに場所を移しませんか？」

ダメ元でそう申し出ると、神谷はためらうことなく「わかりました」と応じた。

「こちらこそ急に呼び止めてすみません。よかったら私の話をもう少し詳しく聞いていただけませんか？　できるならそれを改めて、シロさんに伝えていただきたいんです」


この辺りの土地勘がないと神谷が言うので、黒木は彼女を連れて近くの居酒屋に入った。少人数向けの個室があり、真面目な話がしやすいだろうと思ったのだ。相変わらず厭な感覚はあったが、面と向かっていられないほど不愉快というものでもない。

向かい合わせに座ったふたりの前に、グラスに入った烏龍茶《ウーロン》とお通しが運ばれてくる。店員が去っていった途端、神谷は待っていたとばかりに話し始めた。

「そもそもシロさんにご相談したかったことというのは、私の姉と甥のことなんです。先月、その」唇が震える。「心中したんです。電車に飛び込んで」

甥、と聞いて、黒木は神谷が持っていたスニーカーを思い出した。あんなに小さな靴を履いていたのか、と思うと、何とも言い難い気持ちが湧き上がってくる。スニーカーの入った紙袋は、神谷の隣にちょこんと置かれていた。

「それは――ご愁傷様です」

黒木はそう言って頭を下げた。神谷は「ありがとうございます」と小さな声で応《こた》えて、話を続けた。

「こういうことは、他人からはわからないものかもしれませんけど、でも姉には自殺するような理由なんてなかったんです。いえ、その、まったく何もなかったわけじゃないんですけど、でもそれはちゃんと解決したはずで……とにかく最近は本当に元気で、なんの問題も抱えてなかったと思うんです。両親と揉めてた時期があったんですけど、それももう過去のことみたいになってて、自分の家庭もうまくいってたみたいだし……そもそも姉は昔からマイペースで、打たれ強いひとだったんです。自殺するなんて私には考えられない」

一気にそう言うと、神谷は烏龍茶を一口飲んでから、「私と姉は昔から仲がよくって」と付け加えた。

「実は姉が結婚するとき、結構問題になったんです。私もそれについては正直どうかと思ったんですけど、でも放っておけなくて、ずっと連絡をとってたんです。産まれてみたら甥は本当にかわいかったし、しょっちゅう写真も送ってもらって……なんで」

テーブルの上で、彼女はぎゅっと拳を握りしめた。「本当になんで心中なんてしたのか、わからないんです。それにおかしなこともあって」

一旦《いったん》口を閉じるともう一口烏龍茶を飲んで、また話し始める。

「姉が以前お世話になった方で、葬儀にも来てくださった加賀美さんという女性がいるんです。見た目は普通の、優しそうなおばさんという感じなんですけど、一部では有名な霊能者だそうで——で、その方がシロさんを紹介してくださったんです」

なるほど、とうなずいてはみせたものの、黒木は「加賀美」という女性のこともよく知らない。志朗と付き合いがあるということ、霊能者ではあるがよみごではないということくらいしかわからない。志朗もまた、わざわざ彼女を黒木に紹介しようとはしない。「優しそうな普通のおばさん」という特徴すら、今初めて知ったのだ。

「加賀美さんも、姉と甥の死は普通のものではないとおっしゃっていました。それから、これはよみごがなんとかすべきものだとも。加賀美さんはよみごではないから、一時的に遠ざけることはできても、本当に解決することはできないんだそうです。『よみご』という人たちについては、そのとき初めて知りました」

「それでは、加賀美さんはその……心中の原因になったもののことを、知っていたということでしょうか?」

黒木が尋ねると、神谷はうなずいた。「その様子でした。でも私にはあまり教えてくれなかったんです。とにかくよみごがどうにかすべきだ、と言って。あの、私一応よみごについても調べたんですけど、よくわからなくて」

黒木も心苦しいほど、「よみご」については知らないのである。ウェブ検索などしたこともあるが、よほどマイナーなものなのだろう、それらしい情報はまるで見当たらなかった。図書館にも赴いたが、それらしい棚を探し、司書に聞いても、資料を見つけることは出来ずじまいだった。

「神谷さんには申し訳ないんですが、さっきお話しした通り、俺もよみごのことについてはよく知らないんです。本当に雑用に雇われているだけでして――」

ただ、と言いかけて黒木は口をつぐむ。神谷に関することとはいえ、志朗が言っていたことを軽々しく話してしまっていいものかどうか。

よみごの専門は「凶事」である。凶事を予言し、場合によってはそれを退けることができる。神谷の姉と甥に起こったことは、明らかに凶事の類だ。加えて加賀美がそう言うならば、やはりこの件は志朗に持ち込まれるべきものである可能性が高い。だが、

(普段ウサギやシカしか捕らない猟師に、猟師なんだからでっかいクマを退治してこいって言うようなもんですよ)

志朗は電話口でそう言っていた。そのことを思い出すと、黒木はじわりと不安を覚えた。志朗の言葉を借りるなら、神谷が持ってきた依頼は「でっかいクマ」なのだ。

「そういえば、お姉さんの旦那《だんな》さんはどうされてるんですか?」

他人様の家の事情に立ち入り過ぎだろうかと思いつつ、黒木は思い切ってそう尋ねてみた。もしも彼が健在なら、神谷が霊能者に相談を持ち掛けていることをどう思っているのだろう。なにしろ、亡くなったのは彼の妻と息子なのだ。まるで無関係というわけにはいくまい。

「それが……義兄はあまりあてにならなくて」

義兄と言った途端、神谷の表情に怒りが浮かんだように黒木は思った。

「実はあの人、今よそに——たぶん、前妻さんのところにいるんだと思います」

「それは……」

なるほど、それはあてにならないと言われても仕方がない、と黒木は思った。

前妻がいるというからには、神谷の義兄はバツイチだったのだろう。結婚に際して「風当たりが強かった」というのは、それが原因だったのかもしれない。

神谷の姉と義兄、そしてその前妻の間にどんな揉め事があったのか（あるいはなかったのか）は黒木の知るところではないが、何にせよ妻子が亡くなってからまだ一ヶ月だというのに、別の女性のところにいるというのはいかがなものか——少なくとも、神谷からすれば心穏やかではないだろう。

「というか私、その前妻って人が、姉たちを呪って自殺させたんじゃないかと思ってるんです。だって前にも……」

神谷は突然中腰になり、テーブル越しに黒木にぐっと近づいた。

「お、落ち着いてください」

突然顔が近くなったので、黒木はぎょっとして止めた。神谷は「あ」と声をあげた。

「すみません。つい夢中になって……私、昔から猪突猛進《ちよとつ》と言われることが多くて」

神谷は中腰のまま謝った。「今回だって、いきなりその前妻さんのところに乗り込んでない分、私慎重なんですよ」

「そ、そうですか……」

自分の臆病なところを自覚している黒木は、その思い切ったところがちょっと羨《うらや》ましい、などと思ってしまう。

「ていうか、変ですよね。すみません。いきなり呪いがどうだのこうだの言って……」

「あ、いやそれは全然。普通です。いや普通ではないかもしれませんが……でもあの事務所に来る人は、そういう用事の人も多いですから」

少なくとも志朗にお茶をかけなかった分、神谷はまともである。

「ああ、そっか。霊能者の先生の事務所ですもんね」

ようやく椅子に座り直しながら、神谷は笑った。あまり幸福そうな笑みではないが、やっぱり笑顔の似合う人だと黒木は思う。可愛らしい顔立ちも相まって、愛くるしい魅力がある。

だが、例の「厭な感じ」は相変わらずだった。神谷そのものというより、彼女の周囲に漂っているような気がする。彼女の周りに視線を泳がせた黒木はふと、その視線の先が彼女の持っている紙袋に導かれるような気がした。甥の遺品が入っている袋だ。神谷は黒木の様子に気づいてはいないのか、

「とにかく義兄のことは気にしなくていいんです。あの人には最初から期待していません」

きっぱりと吐き捨てるように言って、グラスを傾けた。

神谷の話はその後も続いた。彼女が前妻を疑う根拠も、警察や探偵ではなく霊能者を頼ってきた理由もわかったが、それはそれとして愉快な話ではなかった。

やがて、ふたりは素面《しらふ》のまま居酒屋を出た。別の方向へ帰っていく神谷を見送った後、黒木は深い溜息をついた。話を聞いていただけなのに、やけに疲れていた。食費を抑えるために普段は滅多に買わないコンビニ弁当を買い（神谷の話を聞いている間は食事どころではなかった）、帰路をとぼとぼと辿《たど》った。

黒木の住まいは鉄筋コンクリート造りの四階建てマンションの一階にある。一人暮らしにしてはやや広いが、図体の大きな彼にはちょうどいい。その代わり築年数は古いし、設備も時代がかっている。職場である志朗の家にはごく近く、当分引っ越すつもりはなかった。

ワイシャツとスラックスを脱ぎながら、風呂《ふろ》で体を洗いながら、買ってきた弁当を食べながら、彼は神谷実咲の思いつめた顔と、彼女に向かって白髪頭を下げる志朗のことを考えていた。その合間に、神谷が事務所で取り出した子供用の靴が頭の中にちらついた。

何歳かは聞きそびれたが、まだ小さな子だっただろう。神谷の義兄という人物がどんな男であれ、その息子は彼女にとって、たったひとりの甥っ子だったのだ。そうでなくても、幼い子供の死は胸にこたえるものだ。たとえ顔も知らない子であったとしても。

（ひとつ救いがあったとすれば）

頭の中に、神谷の声が蘇《よみがえ》った。

（甥は即死で、苦しむ間もなかっただろうということです。でも姉は少し息があって……その、あとで病院の方に聞いたのですが、意識があった間――とても嬉しそうに笑っていたそうなんです。なぜかはわかりませんが）

黒木は首を振った。厭な夢を見そうだ、と思った。

やはり志朗に報告しなければ、と黒木はひとり決意する。とりあってもらえるかはともかく、この話はひとりで抱えておくには重すぎる。第一、神谷とそのように約束したのだ。そのために連絡先まで交換し、何かあれば報告することになっている。

（とりあえず、今日聞いたことを忘れないようにしないと）

コンビニ弁当のプラスチック容器を片付けると、黒木はスマートフォンを取り出した。メールの下書き機能を使って、神谷の話を思い出せる限り書き留めていく。理由のわからない親子の心中。神谷の義兄。その前妻、それから――

そのとき、黒木の大きな掌《てのひら》の中でスマートフォンが震えた。着信だ。

画面に表示されていた相手は、志朗貞明だった。突然だったので戸惑ったものの、黒木は画面をスワイプして電話に出た。


『やぁやぁ黒木くん。美女との会食はいかがでしたか?』

志朗の声はおどけた調子だったが、からかうだけの目的で電話をかけてきたようには思えなかった。神谷とふたりで会っていたことを、なぜ志朗が知っているのかはわからないが、今更問い詰めないことにする。彼が異様な勘の鋭さを発揮するのは、今に始まったことではない。

「何のことですか?」

試しに問い返すと、案の定『いやだなぁ、神谷さんと何か話をしたんでしょう』と言われた。

「志朗さん、神谷さんが美女かどうか知らないでしょ。顔が見えないんだから」

『まぁボクとキミとじゃ美女の定義が違うかもしれないけど、大体わかるもんですよ。で、どう？　話したでしょ』

おそらく志朗は何もかもお見通しなのだろう。そう思った黒木は大人しく、神谷と会っていたことを認めた。

電話の向こうから、志朗の『やっぱりね』という声が聞こえた。

『いやぁ、さっきマンションの管理人に聞いてね。志朗さんとこのでかい人がきれいな女性に逆ナンされてたって』

「なんだ、そんなことだったんですか……」

『ははは。彼女、相当思いつめてた感じだったからね。ボクがあまりにそっけなかったものだから、黒木くんに頼ろうとしたんでしょ。気の毒だねぇ』

志朗が超自然的な能力を発揮したのではなかったことになぜかほっとしながら、黒木は「彼女の依頼、やっぱり受けないつもりですか」と尋ねた。

『受けないよ。おっそろしいもの。よろしいかね黒木くん。あれはボクのような雑魚《ざこ》が立ち向かっていいようなものじゃない。大体キミもわかってるでしょ。神谷さんに会ったとき、なんだかイヤな感じがしたんじゃないの？』

あまりにも的確に言い当てられて、黒木は言い淀《よど》んだ。神谷に対して感じた「厭な感じ」のことは、まだ誰にも、一言も打ち明けていないのだ。

『ほら、図星でしょ。やっぱり黒木くんも、一年もボクのところに通っていると、何かしら感覚が鋭くなるんだろうね。門前の小僧なんとやらというヤツじゃ』

「でも志朗さん、どうしてあんなにすぐ神谷さんを追い返したんですか？　ろくに話も聞いていないのに……」

『それでもわかるよ。微《かす》かだけど、彼女の持ってきたものから「きょう」の気配がしたからね』

「きょう？」

『なんというか、厄みたいなもんですよ。そうか、黒木くんには何も説明してないからね。とにかく彼女が持ってきた案件にはまずいものが絡んでる。加賀美さんがどうしてボクなんか紹介したのかわからないけど、あれは本来もっと強いよみごに回すべきものなんですよ。たとえばボクの師匠とかね』

「じゃあ、志朗さんからそのお師匠さんとか、他のよみごの方に話を持ってくというのは」

『それができたら苦労せんのよ。なにしろボク、師匠のとこを追い出されてるからね。これでも色々あったんで』

黒木は一度口をつぐんだ。

彼は以前志朗から、よみごは本来ごく一部の地域で活動する人々だと聞いたことがある。その地が果たして日本のどこにあるのかは明らかでないが、少なくとも今、彼らが暮らしているこの街でないことは確かだ。黒木が知る限り、志朗は本拠地に戻っていたことも、他のよみごと連絡をとっていたこともない。追い出されたというのも、まるっきり嘘ではなさそうだ。

ダメ元だな、と思いながらも、黒木は一度閉じた口を開いた。

「あの、実は神谷さんに色々事情を伺っちゃいまして……」

『わかるわかる。せめてそれをボクに伝えなけりゃ、黒木くんの気が済まんということでしょ』

志朗はまたもお見通しという風に言った。

『ただ残念ですが黒木くん、ボクは小物だからね。ハードボイルドな映画の主人公じゃない。出会ったばかりのヒロインの依頼に応えて、自分の命を張るのは無理ですよ。彼女にどんな事情があるにせよ、ボクは引き受けない。じゃ、おやすみ』

一方的に言うと、電話は切れた。黒木はスマートフォンの画面を見ながら溜息《ためいき》をついた。

（とても嬉しそうに笑っていたそうなんです）

神谷の声が、黒木の脳裏にこだましていた。苦痛の中にいたはずの神谷の姉が、どうして「嬉しそうに笑っていた」のか――考えれば考えるほど気が滅入《めい》った。

ベッドに寝転がると、黒木はこれまで志朗の事務所を訪れた人たちを思い出そうとした。一度きりの客もいれば、まるでメンテナンスを受けるように定期的に訪れる者もいる。志朗は巻物を使って何かを「よみ」、「何もありません」と答えることもあれば、何かを「とる」こともある。

口の中でぶつぶつと呟きながら、客の肩や頭のてっぺんから何かをつまみ取るような仕草をするのだ。つまんだものはその辺に放りだす。志朗によれば「それでいい」のだそうだ。

神谷の姉と甥の死に関わっているものは、少なくともああやって簡単につまみとることができないものなのだろう。黒木は体を起こし、スマートフォンの画面に神谷の連絡先を表示させながら、彼女に何と話すべきか鬱々《うつうつ》と考えていた。

「やあ黒木くん、おはよう」

翌日事務所で顔を合わせた志朗は、気のせいか少しやつれたように見えた。口調は平静を装っているが、声がガサガサしている。調子が悪いと喉《のど》に出るのだ。

「志朗さん、大丈夫ですか？」

「何が？　普段どおりですよ、ボクは」

とはいえ、おかしな様子を隠しきれていないことは、当の志朗が一番承知しているだろう。それでもシラを切り通そうとすること自体に、黒木は強い拒絶の意を感じた。ジャケットの胸ポケットに入れたスマートフォンが重くなった気がした。

あの後、黒木は神谷と電話で連絡をとった。あまりに早い返事に神谷は戸惑っていたが、とりつく島もなかったということを聞くと、彼女は静かに『そうですか』と呟いた。黒木が役に立てなかったことを謝ると、神谷は『いえ、無理を言ってすみませんでした』と言い、電話を切った。以来、連絡はない。

おそらくもう神谷に会うことはなさそうだ。しかし、彼女のことは黒木の胸に質量のある影を落とした。

神谷があのまま諦《あきら》めるとは思えない。志朗が駄目なら、ほかのよみごを探して依頼をするかもしれない。志朗が言う「もっと強いよみご」なら、彼女の願いに応えることができるかもしれない。

だが、もしもそんなよみごはいないとしたら？

そう考えると、背筋が冷たくなった。何かしら邪《よこしま》な、しかも強い力を持ったものが、何にも邪魔されずに存在しているということ自体が怖ろしかった。

黒木の心配をよそに、その日も事務所に客は訪れた。志朗は普段通りにふるまい、巻物を広げて何かを「よみ」、客に結果を告げた。幸い、冷茶をぶっかけるような輩《やから》はいなかった。

月に一度くらいの頻度で訪れる客が志朗を見るなり、「先生、今日はどうしちゃったんですか？　顔色が悪いよ」と声をかけた。市内で不動産屋を経営している茅島《かやしま》というその男は、大黒天のように福々しい顔をしており、志朗を心配するときですら微笑んでいるように見える。話を聞きかじった限りでは志朗と同郷の出身、つまりよみごが活動する地域からやってきた人物らしい。

「あー、すみませんね。大丈夫です。ちょっと体調を崩しまして」

「ああ、最近めっぽう暑いからねぇ。しかし、先生がお元気でないと困りますよ。私はすぐに『きょう』がくっつく性質だから、よみごさんがこっちに来てくださって助かってます」

きょう。

そういえばそのことについて聞いたことがなかった。昨日の志朗との電話を、黒木は思い出していた。

茅島が帰ると、志朗は例によって黒木の心を読んだかのように、

「次の予約まで時間があるから、昨日話せなかった『きょう』の話をちょっとしようか」

と言った。

「その前に新しいお茶いれてもらっていい？　ボク、疲れると喉に来るんで」

「きょう」というものにどういう漢字を当てるか、志朗も知らないという。

「おそらく当ててはいけないんだと思う。そしたら『きょう』という名前がいらん意味まで持ってしまうからね。下手をすると、これまでよりも厄介なもんになるかもしれない」

志朗はそう言うと、黒木が持ってきたカップを手にとって冷茶を一口飲んだ。

「きょうというのはそうじゃなぁ、昨夜《ゆうべ》も言ったけど、厄というのがわかりやすいのかもしれない。そいつは大抵、自然に発生する。あらゆるものの悪意のきれっぱしがその辺に落ちていて、それが風に吹かれてきたホコリみたいに集まって固まりになる。それがついてるとマイナスの影響が出る、いわゆるデバフ効果がある」

ゲームの話をしているみたいだと黒木は思った。プレイヤーキャラクターを弱体化させるデバフ効果は、確かに厄介なものではある。

「大抵のきょうはそういう自然にできたホコリみたいなもんで、だからボクがいつもやってる

みたいにポイッと取ってしまえばいい。でもたまにそういうものとは違うやつもいて、神谷さんに関係があるのはそういうやつ。どう違うかっていうと、それは自然にできたものじゃなくて、人間がわざわざ作ったものなんだよね。誰かにデバフ効果をつけるためにわざわざ作った……つまり呪いみたいなもんじゃね。こいつはかなり手ごわい。作り方は色々で、ボクが対処できるものももちろんある。ただ神谷さんのはやばい。相当えげつない方法で——おそらく術者の親族の遺体とか、もしくは本人の体の一部を使って作られてる。術のために自分の腕を切り落とすようなとんでもない奴かて、いるところにはいるからね」

その言葉に、黒木は背筋が寒くなった。志朗はうなずきながら続けた。

「そういうものは怖い。力が強いし、自分を排除しようとする相手を攻撃してくる。関わったらボクも、あるいは黒木くんも無事で済まないかもしれない」

志朗は顔を上げ、あたかもその目が見えているかのように、黒木の方をぴたりと向いて止まった。

「ボクね、黒木くんのことが好きなんですよ」

「はい？」

「ははは、そういう意味と違うよ。ボク、目が見えなくなってから人の識別が難しくなって、それが結構寂しくってね。知り合いが誰もいなくなっちゃった、みたいな気がしたりして。だから黒木くんみたいな、わかりやすい人が好きでね」

黒木くん、でかいからねぇ。志朗はそう言ってニッと笑った。

「キミは動くときの空気の揺れが特別大きいから、すぐに『ああ、黒木くんがいるな』ってわかってほっとするんじゃ。ボクはこんなんだから薄情に見えるかもだけど、それでもキミに危ない目に遭ってほしくないなと思うくらいの情はあるんです」

もちろん、ボクも遭いたくないしね。そう言って志朗は口を閉じた。

あれ以降、志朗は神谷の話もせず、普段通りの様子に戻って、日々訪れる客を捌《さば》いている。黒木もあえて彼女の話を持ちだしたりはせず、神谷の件はまるで「なかったこと」のようになっていた。

だが、黒木のスマートフォンにはまだ、神谷から聞いた話のメモが残っている。もう使うことはないだろうと思っていても、それを消すことができないのだ。居酒屋で話した時の彼女の顔や声も、つい昨日のことのように思い出すことができる。その度に黒木は、

（やっぱり志朗さんに全部言うべきだったかな）

と考える。

せめて神谷が、「前妻が姉たちを呪ったのだ」と決めつけた根拠くらいは、話しておいた方がよかったのかもしれない。もしも彼女の推測が当たっているとすれば、「前妻」はそれこそ志朗にとっても危険な人物なのではないだろうか。たとえ志朗が聞くことを拒んでいるとしても――

今でも黒木はたまにメモを見返す。中でも、

「前妻は以前も神谷姉を呪ったことがある」

と書かれた箇所で、毎回視線が止まる。

もしもその女性が、二度も「きょう」を使って人を呪い、そして殺したというならば、危険ではないのか。これから先、三度《みたび》同じことをしようとするのではないだろうか。

そう考えると、黒木の気持ちは沈んだ。

何度か神谷の安否を確認すべく、連絡をとろうと思ったこともある。黒木が感じたあの「厭な感じ」がきょうによるものなら、彼女はすでにその影響を受け始めているのかもしれない。

しかし、いざ連絡をとろうとすると手が止まってしまう。怖ろしいのだ。彼女に関わったために、志朗や自分にまで何かしらの被害が及ぶかもしれない。

(俺もずいぶん志朗さんをアテにしてるんだな)

黒木は思う。おかしなものが見えるわけでもなんでもないのに、志朗の言うことなら信用してしまう。そうなってきたことが我ながら可笑《おか》しく、そして危なっかしくも感じられた。


夏が終わり、秋風が吹き、街路樹が葉を落とし始めた。

加賀美春英が志朗の事務所を訪れた頃、季節は秋になっていた。

加賀美はアポイントメントをとっていなかったが、客のいない時間帯を見計らったかのようにやってきた。いつの間にかエントランスのオートロックを突破し、ドアの前に立ってインターホンを連打されては、志朗も中に入れざるを得ない。

「あらー、大きいかた！　ごめんなさいね、失礼しちゃって。お邪魔しますね〜」

明るい声でしゃべりながら入ってきた加賀美は、なるほど「優しそうな普通のおばさん」にしか見えなかった。にこやかに微笑みながら「これお土産《みやげ》」と言い、駅前の総菜屋の名前が入った袋をドンとテーブルの上に置く。本当に親戚《しんせき》のおばさんが訪ねてきたかのようだ。それとは反対に、「急に来ないでもらえます？」と言った志朗のイヤそうな顔といったらなかった。

黒木は内心ハラハラしながら、ふたりの様子を伺った。そもそもこの日、志朗は朝から様子がおかしかった。来客がいる間は普段どおりにふるまうが、いなくなると途端に黙り込んでしまう。そのくせ黒木が「何かありましたか」と尋ねると、「何でもないよ」と答える。そのときの声に聞いたことのない暗さが潜んでいて、それが今、加賀美が来たことでピークに達したように思えた。

「急に来ないとシロさんが逃げるかと思ったのよ」

加賀美はそう言って、黒木の出した茶を啜《すす》った。

「ちゃんと大事な話があって来たって、シロさんもわかってるでしょう？　あの詠一郎さんが亡くなったのよ」

その言葉を聞いたとたん、志朗の顔からそれまでの表情が消えた。一度大きなため息をつくと、「知ってます」と加賀美に向かって短く言った。

「さすがに向こうから連絡があったんでね。で、それがどうかしました？」

「どうかするに決まってるじゃない。お葬式に行くのよ。シロさん、電話口で『行かない』って言ったんですって？　詠一郎さんのご親戚の方が困ってらしたわよ」

加賀美はハンドバッグから折りたたんだ紙を取り出し、志朗に向けて突き出した。

「これ、葬儀の案内。最後くらい顔出しなさいよ」

「こんなものをもらっても、ボクには読めませんなぁ」

「そこの大きいお兄さんに読んでもらったらいいじゃないの。当日はあたしが迎えにきてあげるし」

志朗は深い溜息をついた。

「そうは言いますけどねぇ、ボクの顔なんか出していいもんかねぇ」

「いいじゃないの。石投げられるわけでなし、シロさんが気まずいだけでしょ」

「それがイヤなんですよ」

「細かいこと言うもんじゃないの。大体追い出されたって言ってもねぇ、実際はあんた、自分で出て行ったそうじゃない。詠一郎さんが気にしてたわよ。それになんだか知らないけど、シロさんに渡したいものがあるらしいし」

「は？　渡すって今更何を……」

事情を何も知らない黒木が困惑しているのを察したのだろう。志朗は手探りで手に取った案内を、ひらひらと動かしながら言った。

「黒木くん、ボクのお師匠さんが亡くなったらしいわ。どうやら葬式に行かなきゃならないみたい」

「は？　お師匠さんというと……」

「よみごの師匠に決まってるでしょ」

志朗はそう言って、また深い溜息をついた。


二日後、志朗は事務所を臨時休業とした。無論、「お師匠さん」の葬儀に参列するためである。

降って湧いたような休日のほとんどを、黒木は自宅でゴロゴロしながら過ごした。何をしていても集中できなかった。


志朗は師匠の死を「病死」だと言った。

「ここ何年かずっとよくなかったからね。もうじいさんだったし、寿命だね」

だからおそらく「きょう」は関係ない、と志朗は続けたかったのだろう。それでもよからぬことばかり思い浮かんだ。


志朗から黒木に電話があったのは、その日の夕方だった。

『黒木くん、カセットテープ聴けるもの持ってる？　なかったら悪いんだけどなる早で買って、事務所に持ってきて。精算はあとでするから』

突然のことに黒木は困惑した。志朗は『ボクもなるべく早く行くから』と付け加えて、電話を切った。

幕間

[redacted]はドアの前に立っている。

ドアは施錠されている。[redacted]は鉄製のドアを通り抜け、室内に入る。

狭い玄関、その向こうに廊下が続いている。三和土《たたき》には靴が二足並べられている。下駄箱の上には塩を盛った皿が置かれている。[redacted]がその前を通ると、三角錐《すい》の形に盛られた塩は頂点から黒く変色してぐずぐずと溶ける。

短い廊下の向こうにはまたドアがある。[redacted]はそのドアも通り抜ける。黒い影が一瞬磨《す》りガラスに映る。

ドアの向こうは十畳ほどのリビングになっている。テレビと向かい合わせになったソファに座って、女が誰かに電話をかけている。厚手のニットの下の腹は大きく膨らみ、妊娠していることが一目でわかる。

「本当なんだって。誰もいないはずなのに、何かがいるの。何か……子供みたいな、影みたいな何かが来るの。もうおかしくなりそう」

[redacted]は女の背後に立つ。彼女はその存在に気づかない。気づかれるときとそうでないときがあって、今は「そうでないとき」なのだ。

「だから、カウンセリングとかそういうものじゃどうにもならないの！　実咲も思ってるんでしょ、私がノイローゼか何かだって……」

女は話し続ける。[redacted]は何も言わない。黙って彼女の頭に触れ、その中に手を潜り込ませる。

物理的になにか影響があるわけではない。だがこれがやるべきことなのだと[redacted]は知っている。黒い影が凝《こご》ったような手を動かし、[redacted]は頭の中をかき混ぜる。

壁に貼られたどこかの神社の札が、風もないのに突然はためいて落ちる。

・・・・・・

[redacted]はどこか暗い場所にいる。

だれかのところに行かなければならないと思うのだけど、どうしても思い出せないし、なぜか動くこともできない。

前ははっきりと見えていた道しるべのようなものが、今は見えない。前はその「だれか」にちゃんと近づいていたはずなのに、何かに突然さえぎられて、体をぼろぼろに壊されて、気がついたらこの、なんだかわからない暗いところにいる。

そのうち形を保つのもむずかしくなって、[redacted]は闇の中にとろりと溶ける。

時間が過ぎていく。そのうち、[redacted]はあの女のことも忘れてしまう。自分が何ものだったのかも忘れてしまう。

闇の中に溶けたまま、半分は眠っている。もう半分は辺りの音を聞いている。女の金切り声がする。なぜかとてもなじみのある声だ。子どもの泣き声も聞こえる。

自分はなぜここにいるのだろう。おそらくだれかにむりやり追い払われたのだ。でもそれがだれなのか、どうしたらいいのか、[redacted]にはわからない。[redacted]はそのうち考えることもやめてしまう。だれも自分を見ないし、聞かないし、さわらない。自分がだんだん薄くなっていくのがわかる。[redacted]は、とろとろとくらがりでねむる。


子どもの泣く声がする。

おし殺したようなすすり泣きが、すぐ近くできこえる。

なぜかなつかしい気持ちになって、[redacted]は泣き声の方にそろそろとうごく。なにかがそこにいる。くらがりの中で身をよせると、びくりとふるえる気配がする。

「だれかいるの?」

おどろいたような子どもの声がする。

[redacted]はすこしだけ、ほんのすこしだけ、自分のかたちがはっきりしたような気がする。

子どもによりそって、[redacted]はまた、くらいところでねむる。

繋がる

電車は否応《いやおう》なしに私を目的地へと運んでいく。なじみのない街並みを眺めながらシートの上で揺られている間、私は姉の晴香《はるか》のことを思い出していた。

晴香に「夫の転勤についていくことになった」と教えられたとき、その引っ越し先を聞いて驚いた。確かにそこには義兄が勤める会社の支社がある。でも「何もそこでなくても」と思ったのだ。

電車で一時間ほど離れてはいるが、同じ県内に義兄の前妻が住んでいる。その女性はかつて――もしもそんなことが可能ならば、の話だけど――晴香を呪い殺そうとしたことがある女なのだ。

「その転勤、断れないの?」

そう尋ねると、「ちょっとね」と浮かない顔をされてしまった。

簡単に転職などできないことは、私にもわかる。晴香は結婚前に勤めていた会社を退職し、専業主婦になっている。甥の翔馬《しょうま》にはこれからお金がかかるだろう。それでも不安が残った。

「単身赴任は駄目なの？」と言いかけて、私は慌てて言葉を引っ込めた。そんなの駄目に決まっている。

義兄はかつて、既婚者であることを隠して晴香との交際を始めた。それが単身赴任中のことだったのだ。

たとえ家庭にどんな問題があったにせよ、これは絶対に許されないことだと思う。前妻との離婚が成立し、晴香と結婚した後もずっと、私が義兄に不信感を抱いていた理由はこれだ。現に今、あの男は前妻のもとに戻っている――

(大丈夫。実は引っ越しすること、あの加賀美さんにも話したの。そしたら加賀美さん、『この街には本物の霊能者がいるから、いざとなったら繋いであげる』って。だからもし何かあっても大丈夫よ)

晴香の言葉と共に、以前一度会ったきりの志朗貞明――シロさんの顔がふと思い出された。年齢に似合わない総白髪のせいかもしれないが、不思議な人だった。結局その「本物の霊能者」とやらも、あてにはならなかったわけだけど……と考えて、私はシロさんの事務所にいた大きな男の人のことも思い出した。

そういえば黒木さんは、私の話をもう忘れてしまっただろうか？　今思えば初対面の人、それも本来話すべき相手ではなかったのに、かなり思い切って打ち明けたものだ。黒木さんは、顔は恐いけど優しそうな人だった。まだ彼の連絡先は消していない。

黒木さんの連絡先だけではない。私のスマートフォンには、晴香から送られた写真が何枚も保存されている。

亡くなった時、翔馬はまだ三歳と二ヶ月だった。引っ越してからふたりで近所の児童館に通い始め、愛想のいい翔馬は小・中学生たちに可愛がられていたらしい。晴香は独身時代に塾の講師をしていたから、子供たちを見ているうちに懐かしくなったのだろう。「そのうちまた塾講やりたいな」などと話すこともあった。

晴香には未来への展望があったのだ。やりたいことがあったし、翔馬の成長も楽しみにしていた。

自殺なんてするはずがない。

（なんで死んじゃったの。もう心配ないって言ってたくせに。翔馬まで連れて）

ふたりが亡くなったのは三ヶ月も前のことなのに、傷口はまだ新しい。思い出すと泣きそうになってしまう。

数年前、晴香は何度も自殺しようとしたことがある。晴香が「呪われてる」と言っていた時期だ。二月、とても寒い日が続いていた。その頃、義兄はまだ離婚問題で前妻と争っていた。

当時、すでに晴香のお腹には翔馬がいた。妊娠中でナーバスになっているのに加えて、知らないうちに不倫相手にされていたこと、その相手と結婚できるかどうかわからないこと……心配の種は尽きなかったに違いない。詳しくはないが、冬はメンタルの調子が崩れやすいと聞いたこともある。

私は晴香が心身共に疲れ果て、おかしな妄想を始めたのだろうと思った。カウンセリングを勧めたが、彼女は頑として認めなかった。

「本当なんだってば、実咲！　何か……子供みたいな、影みたいな何かが家に来るの。もうおかしくなりそう。頭がなんだかぐちゃぐちゃになるの」

そう訴えた数日後、晴香は自宅マンションのベランダから飛び降りかけた。義兄が取り押さえたからよかったものの、それから彼女は幾度となく自殺を試みるようになった。

理由は本人にもわからない。正気に戻ると「覚えがない」などと青い顔で語るが、しばらく経つと再び死のうとする。私はできるだけ仕事を休んで晴香に付き添ったが、緊張感と疲労で頭がどうにかなりそうだった。

そんな中、両親が伝手《つて》を辿《たど》って探し出したのが加賀美春英だったのだ。

彼女が本物の霊能者かどうか、私にはよくわからない。なにせ私には、幽霊も妖怪も呪いも見ることができないのだから。

でも実際に晴香の心身は回復し、自殺を試みることはなくなった。翔馬も無事に産まれた。当時は何もかもが加賀美さんのいう通りに進んで、結局私も彼女を信用せざるを得なかった。

そういえば、加賀美さんは言っていた。「あたしは元を断ったわけではない。追い払っただけです」と——

呪いなんて。

ばかみたい。電車に揺られながら、私は微かに首を振った。晴香のことがなければ、未だに「人を呪い殺す」なんてフィクションの中の出来事だと、気軽に笑い飛ばしていただろう。

それなのに、私はもう「呪いはある」と信じてしまっている。姉と甥の死の原因を知りたくて加賀美さんに会い、志朗さんに会い……

そうして今、義兄の前妻のもとに向かっている。

アナウンスが、電車が目的の駅に着いたことを告げた。

私はシートから立ち上がり、電車を降りた。ずいぶんと冷たくなった風が頰に当たる。

志朗貞明の事務所を訪れたのは八月だった。それからここに来るまで、ずいぶん時間がかかってしまった。

もっとも、場所自体は義兄があっけないほど簡単に教えてくれた。同時にメールアドレスも手に入れ、いつでも連絡できる状態にあった。なのに訪ねることができなかったのは、やっぱり怖かったのだ。

最後に黒木さんと連絡をとったとき、彼は「もう関わらない方がいい」と私に忠告した。

『志朗さんがあんなふうに依頼を断ったのを、俺は一度も見たことがありません。神谷さんの気持ちはわかりますが、お姉さんたちのことを調べ続けるのは、おそらく危険なことだと思います』

電話越しの声は真剣な響きを持っていた。

それでも結局、わざわざ有給休暇をとって、私はここにやってきてしまった。たぶん一度はきっと、会わなければ気が済まないのだ。

義兄の前妻、森宮歌枝《もりみやかえ》に。

階段を下りながら、私はまた晴香の声を思い出す。大きなお腹を撫《な》でながら、

(奥さんが怒るの、当然だと思う)

そう言っていた。

死ぬほどの目に遭ったのに、晴香は森宮歌枝に同情していた。これから私はその、森宮に会おうとしている。何と話を切り出したらいいだろう。どんな顔をしていればいいのだろう。

緊張で手に汗が滲む。それでも無理やり前を向くと、私は改札を出た。

駅からはタクシーに乗った。車窓の外を知らない景色が流れていく。いわゆるベッドタウンというのだろうか、住宅地に食品専門のスーパーや大型のショッピングセンター、それに学校の建物が目につく。

森宮歌枝は市営住宅に住んでいるらしい。この場所を教えてくれたとき、義兄は異様に明るい様子だった。イラッときたけど、それ以上に違和感が大きかった。

晴香と翔馬が亡くなってから、義兄はなぜかぞっとするほど明るく、そして妙に優しくなった気がする。理由はわからない。わからないのがいやだった。

何にせよ、私はもって回ったことは苦手だ。だからこうやって何の捻《ひね》りもなく、森宮歌枝の家にやってきた。彼女と本気で対決するつもりだった。

このときまでは。

「いらっしゃい。あなたがご連絡くださった神谷さん？」

廊下の奥から出てきた森宮歌枝本人を見て、私は情けないほど気抜けしてしまった。自分の中の「人を呪ったことのある女」というイメージが、ぐずぐずと崩れ去っていく。まさか白装束に五寸釘《くぎ》とカナヅチを持って出てくるとまでは思わなかったが、これほど朗らかな女性とは想像してもみなかったのだ。

なにしろ「綺麗《きれい》な人だな」というのが第一印象だった。背が高くほっそりとして、声は高く澄んでいる。秋らしい黄色のカーディガンに紺色のカットソー、同系色のワイドパンツがすらりとした体型によく似合った。確か年齢は三十代後半だったはずだが、それよりもずっと若く見える。

森宮が歩くと、カーディガンの左の袖がつられてひらひらと動いた。彼女には左腕がないのだ。以前事故で失ったのだと聞いた覚えがある。そのことを私に教えてくれたのは義兄だったか、それとも晴香だったろうか。それは覚えていない。

玄関には男物の靴が置かれており、私はここに義兄が出入りしていることを確信した。ほかには茶色のパンプスと、パステルカラーのスニーカーが並んでいる。パンプスはともかく、このスニーカーは彼女の雰囲気に合わないな、とふと思った。

通されたリビングもすっきりと片付いており、全体的なトーンが明るい。建物自体は古いが、掃除が行き届いた居心地のよさそうな部屋だった。座卓の前に置かれた座布団に、勧められるままに座っていると、「コーヒーと紅茶、どちらにします？」とキッチンから声をかけられた。

戦うつもりでやってきたから、もちろん手土産など持っていない。でも、やっぱりケーキでも買ってくればよかったかもしれない——謎の後悔をしながら、私はとりあえず「コーヒーでお願いします」と答えた。ここでつっかかるのもおかしい、と思った。

でも、変だ。

そもそも、森宮は私のことをどこまで知っているのだろうか？　かつて自分の夫を奪った女（姉のことを彼女はそう思っていたことだろう）の妹だということを承知の上でこの態度をとっているとすれば、強か《したた》を通り越していっそ不気味だ。

考え込んでいる間に、森宮は片手できぱきと作業をこなし、私の前にコーヒーと皿に盛られたクッキーを運んできた。

「あの、おかまいなく……」

「いいえ、遠慮なさらないで」

ニコニコと微笑んでいる彼女を見ながら、私はだんだん自分に自信がなくなっていく。

「あの、私、神谷実咲と申します。森宮歌枝さんで間違いないでしょうか」

「はい。森宮歌枝です」

「はぁ……あの、私の姉が神谷晴香でして、その——昌行《まさゆき》さんの妻だったもので」

「じゃあ、あの人の義理の妹さんだったんですね」

「あっ、はい、そう。そうです」

やっぱりわかっているじゃないか。

どうしよう。ここまで来ておいて、今更何をすべきかわからなくなってしまうなんてばかみたいだけど、本当にどうしよう。私はただ彼女に一言「私の姉と甥を殺したのはあなたですか？」と聞きたかっただけなのに、なぜこんな風にもてなされているのだろう。

「今日はどうしてこちらに？」

「あの……ええと、義兄がこちらにいると聞いて……一度挨拶でもと……」

「まぁ、ご丁寧にどうも」

やっぱりお土産を買ってくればよかった。なんて、つまらないことばかり気になってしまう。本当にこの女性が晴香と翔馬を呪い殺した張本人なんだろうか？　だとすれば、一体どういう神経をしているのだろう？

考えれば考えるほど、単刀直入に話を切り出すことができなくなっていく。

見れば見るほど、森宮歌枝は魅力的な女性に思えた。いつだったか、義兄が彼女のことを悪しざまに罵《ののし》るのを聞いたことがある。元々別れるつもりだったのに、卑怯《ひきょう》な手を使って結婚に持ち込んだのだと。でもこうやって対峙していると、そんな風には見えない。そもそもあんなに詰《なじ》るくらいなら、どうして義兄はまた、このひとのところに戻っていったのだろう？

私が悶々《もんもん》と考え込んでいると、玄関の方でガチャンと音がした。森宮がそちらを振り返り「おかえり！」と嬉しそうに声をかける。

「あの、どなたか」と言いかけて、私はようやく、彼女と義兄の間に子供がいたことを思い出した。まだ午後の一時過ぎだが、何か行事でもあって早めに下校したのかもしれない。そういえば玄関のスニーカーも、十代の女の子に似合いそうなデザインだった。

「ちょうどよかったわ。神谷さん、この子私の娘なの」

廊下の方から、まだ新しいジャンパースカート型の制服を着た中学生くらいの女の子が顔を出した。母親似なのだろう、ほっそりとした体つきの、綺麗な顔立ちの子だ。

「お客さん？」

「そうよ。お父さんの親戚の神谷さん」

紹介された私は、女の子に向かって頭を下げた。女の子もこちらにぺこりとお辞儀を返す。

森宮歌枝はそちらを指してこう言った。

「神谷さん、娘のひかりです」


森宮家を辞した後、私はタクシーを呼ぶのも億劫《おっくう》になり、とぼとぼと歩いて駅の方向に向かった。

結局重要なことは何も切り出せなかった。こんなことになるなんて情けない――姉や甥に顔向けできない気分だった。森宮歌枝の様子にすっかり驚いてしまったし、くらった肩透かしがあまりに大きすぎた。何よりあのいたいけな森宮ひかりの前で、母親を糾弾することなどできない。

自分の無力さに呆《あき》れながら歩いていると、後ろから足音が近づいてきていることに気づいた。

「神谷さん！」

振り返ると、森宮ひかりが走ってきていた。まだ制服を着たままだ。よほど急いで追いかけてきたのだろう、肩で息をしている。

「あの、神谷さんって、父の親戚なんですよね」

睨《にら》みつけるような真剣な眼差《まなざ》しだった。私は警戒しながら「そうだけど」と答えた。

「父の親戚っていうか、父の新しい奥さんの親戚ですよね？　神谷さん、知らないひとだから」

「ええ……」

「だったら、わたしのこと嫌いですよね」

「はい？」

嫌い――なのだろうか。正直に言えば、ひかりのことは好きでも嫌いでもない。姉たちを死なせたかもしれない森宮歌枝の娘であることを考えれば、なるほど嫌いと言った方が正しいのかもしれない。とはいえ、呪いを実行した張本人でもないのに、会ったばかりの彼女を憎むことは難しい。

なぜこの子はこんなことを尋ねるのだろう？

「ひかりさんのことは別に嫌いではないけど……あの、どうかした？」

「でも、好きではないですよね？」

「まぁ、会ったばかりですし」

「じゃあ、たまに連絡させてください！」

真剣な眼差しのまま、ひかりは私にそう言った。その後「あっ」と言って口をふさぎ、

「すみません、連絡先聞かれるのとかイヤですよね。ほんとに悪いんですけど、わたしに電話かけてもらえませんか？　わたしスマホとか持ってないから家の電話なんですけど。すみません、メールとかもなかなか見られなくって。パソコンは母のだから……あの、とにかくおねがいします！」

まくしたてると、ひかりは深く頭を下げた。

「わたしのことが好きなひとだとダメなんです。おねがいします。あとごめんなさい、もう一個頼みがあって……」

困惑している私を放っておいて、ひかりはスカートのポケットから一枚の写真を取り出した。ひかりと、彼女と同じ制服を着た女の子が並んで写っている。この子もかわいい。おしゃれで華やかな美少女だ。それだけでなく、なんとなく人を惹きつけるところがある。

「この子、椿《つばき》ありさって言うんです。この子と関わらないようにしてください」

「はい？」

「この子と会ったり、しゃべったりしないでください」

また「おねがいします！」と言って頭を下げる。

「関わらないで」も何も、椿ありさなんて子はまったく知らない子だ。私はいったい何をお願いされているんだろう？　でも、私を見上げた森宮ひかりの目はやっぱり真剣そのものに見える。

ええい、つらつら考えても仕方がない。私はもって回ったことが嫌いだ。

「わかった。この子と会ったり、しゃべったりしなければいいんだよね。了解です」

「あ、ありがとうございます！」

ひかりはまた頭を下げた。

誰かに知られるとまずいからと言って、ひかりはまた来た方向に走り去っていった。私はぱかんとしてその後ろ姿を見送った。それから道端で、さっきの写真を改めて眺めた。

ふと、椿ありさの顔の上で視線が止まった。何だろう、なんだかモヤモヤする。

私は彼女を知っている。そんな気がする。

歩きながら考えた。元々私は、人の顔を覚えるのが得意な方だ。椿ありさは美形で目立つ女の子だから、もしかするとモデルやタレントの仕事をしていて、それで見覚えがあるのかもしれない——

そう仮説を立ててはみたが、いまいちしっくりこなかった。歩いているうちにいつの間にか駅前まで来てしまい、私はスッキリしないまま電車に乗り込んだ。

平日の帰宅ラッシュ前だから、車内は空《す》いている。シートに腰かけた私は、何の気なしに自分のスマートフォンを取り出した。さっき受け取ったひかりの連絡先を登録しておかなければ。

待ち受け画面は翔馬の写真のままだ。見るたびに胸が苦しくなるけれど、この顔を忘れてしまうのが怖かった。幼児用の滑り台の上で無邪気に笑っている。自宅ではない。児童館だ。

児童館。

その言葉を思い出した途端、頭の中にかかっていた靄《もや》が晴れていくような気がした。私はスマホの画面を食い入るように見つめながら、晴香から送られてきた写真をくまなくチェックした。

私が翔馬の写真をＳＮＳにアップしたり、知人に送ったりしないのを知っていたせいで、晴香から送られてきた翔馬の写真には、よその子が無加工のまま写り込んでいるものも多い。翔馬と年の近いお友だちもいれば、児童館で会う年上の子たちもいる……。

「あった」

やっぱり、やけに目を惹く子だから記憶に残っていたのだ。

画面にはジグソーパズルをする翔馬と、それを手伝っていたらしい女の子が表示されていた。ばっちりカメラ目線で微笑んでいる女の子は、ひかりに手渡された写真の子と、おそらく同一人物だ。

椿ありさ。

ひかりに「関わるな」と言われた、まさにその女の子と、晴香は会ったことがあるのだ。

私は自分の手が震えていることに気づく。

理屈ではない。ただ、何か怖ろしい獣の尻尾《しっぽ》を踏んでいたことに気づいたような、そんな感じがした。

電車に揺られながら、私は森宮ひかりから預かった写真を改めて眺めた。椿ありさは彼女と同じ制服を着ている。同じ中学校に通う生徒同士だとすれば、おそらく同市内に住んでいるのだろう。

つまり、晴香たちが通っていた児童館に行くには、同じ県内とはいえ電車に乗り、一時間近くの時間と交通費を費やさなければならない。なぜ椿ありさは、わざわざこの児童館を訪れたのだろう?

まさか、晴香たちに会うために?

私は頭を振り、次々と湧き上がる疑念と妄想を追い払った。本当に「まさか」だ。森宮ひかりの友達の女の子が、どうしてそんなことをしなければならないというのか。

否定しつつも、一度繋がった糸は消えなかった。私は写真を仕舞い、これ以上余計なことを考えないように、読みかけの本を取り出した。


県境をふたつ越え、駅前で食事を済ませて帰宅した頃には、とっくに夜になっていた。

家には明かりが点《つ》いている。父も母もまだ起きている時間帯だ。とはいえ我が家にはどこか、暗い影の中に沈んでいるような気配がある。

晴香と翔馬が亡くなってから、私の家はずっと暗くて静かだ。

「ただいま」

玄関を開けながら声をかける。柴犬《しばいぬ》のコウメが走ってきて、靴を脱ぐ私の周りにまとわりついた。この子だけは相変わらず潑溂《はつらつ》としている。

洗面所で手を洗い、秋物のコートを着たまま廊下でコウメを撫でまわしていると、リビングからパジャマ姿の母が出てきた。

「遅くなったね。もうお風呂入ってないの実咲だけだから、入ったら洗っといてよ」

「わかった」

リビングに戻る母の背中は、ずいぶん痩《や》せて小さくなってしまったように見える。父も同じだ。

元々は明るくて賑《にぎ》やかな家庭だった。問題がまるでなかったわけではないけれど、大抵それは私の向こう見ずが原因で、おっとりした晴香は揉め事とは無縁の人だった。

結婚を前提に同棲《どうせい》していたはずの晴香の彼氏が、実は既婚者だったという事件が発覚したのは、私たちにとってまったくの不意打ちだった。両親も私も、そんな男とは別れろと強く意見したものだ。それなのに晴香は「彼も離婚して、私と再婚するつもりだから」と譲らなかった。彼女のお腹の中にはもう、翔馬がいたのだ。

家族がバラバラになるんじゃないかと思うくらい揉めて、結局晴香は実家と距離をおき、彼氏と結婚することを選んだ。それでも私たちの間にできた溝は、翔馬の成長と共に少しずつ埋まっていった。元気で人懐っこくて、本当にいい子だったのだ。なのに。

リビングにある仏壇には、晴香と翔馬の遺影が飾られている。それが目に入るたびに胸が痛むけれど、私たちは誰もその写真を片付けようとはしない。毎日線香をあげて、お菓子をお供えして、そうやって私たちはなんとか心を修復しようと必死になっている。

ふたりの遺影だけではなく、位牌《いはい》もこの家に置かれている。なのに義兄はここを滅多に訪れることがない。

なぜそんなに無関心でいられるのだろう？　もう一ヶ月以上、私は義兄と話してすらいない。最後に言葉を交わしたのは、森宮歌枝の住所や連絡先を思い切って尋ねたときだった。駄目で元々と思っていたのに、義兄は妙に嬉しそうに教えてくれた。

（娘がいるんだよ！　いい子だから会ってやって！）

電話越しにもわかる、異様なテンションだったことを覚えている。

自室で着替えを済ませたところで、スマートフォンに着信があった。すわ仕事関係かと思いきや、画面に表示されているのは「工藤昌行」、つまり義兄の名前だ。気の重い相手だがしかたがない。私は電話に出た。

『もしもし実咲さん？　今日こっちに来たんだって？』

今日も異様なテンションだ。酔っぱらってでもいるのだろうか？

「そうですけど」

『じゃあ、ひかりに会ったでしょ。どうだった？』

「はい？」

『オレの娘。かわいかったでしょ？　いい子なんだよ』

義兄はまくしたてるようにひかりを褒め始めた。かわいくて優しくて賢くて、四月から中学生になったけど新しい環境でも頑張っている。友だちもたくさんできて人気者で――

『本当にいい子なんだよ。実咲さんもきっと好きになったでしょ。よかったらまた会いに来てやってよ。妹みたいなもんだと思ってさ。そういえば嫁もお客さんが来たって喜んでて……』

嫁って、森宮歌枝のことだろうか？　嫁だと？　いくら家に入り浸っていると言っても、離婚して今は戸籍上他人になっているんじゃなかったのか。

私の気持ちを察したかのように、義兄が言った。

『あ、忘れてた。オレもう歌枝と入籍してるから』

声も出なかった。足元から力が抜けて、私はその場に崩れ落ちそうになった。こめかみが熱い。

入籍だと？　晴香と翔馬が亡くなってまだ三ヶ月しか経っていないのに、それもあんな死に方をしたっていうのに、入籍？　私たち遺族に何の断りもなく？

一生のうち、こんなに激怒したことは一度もなかった。胃の中が煮えくり返るようだ。口を極めて相手を罵ってやりたいのに、言葉がひとつも出てこない。それくらい怒りに支配されていた。

『やっぱりひかりにも父親が必要だと思って』

義兄は平気で話を続けている。いかにも「良いことをした」と言わんばかりだ。

『オレ、どうしてひかりを捨てたんだろうなぁ。なんでこんないい子をほっといて、別の家庭を作って、そっちに金も労力も注いでさ。なんでそんなことしたのか全然わかんないよね。だってひかりは』

気がつくと、私は通話を切っていた。

義兄の話を、これ以上聞いていることができなかった。

いつの間にかあふれた涙が頬を伝っていた。こんなことを言われたのが私でよかった。父や母ではなくて本当によかった。でもどうしよう。この気持ちをどこに持っていったらいいのかわからない。父にも母にも話せない。

どうしよう。

ドアの外で、カツカツと爪で床を鳴らす音がした。開けるとコウメがするりと入ってきた。私の足元をうろうろと歩き回り、脛《すね》に頭を押しつけてくる。

不思議だ。どうやってこの子はいつも、私が傷ついたことを悟るのだろう。

私はコウメを抱きしめ、声を殺して泣いた。


気が済むまで涙を流すと、ようやく気持ちが落ち着いてきた。それと同時に私の中に湧き上がってきたのは、森宮ひかりに対する恐怖心だった。

いくら義兄がどうしようもない人間でも、やっぱりあれはおかしい。彼だって人前では好人物を装うくらいの常識は持ち合わせていたはずだし、再婚するならするでもう少しやり方があるだろう。あれではいくらなんでも様子が変だ。

森宮ひかり。

奇妙な気持ちだった。晴香と翔馬の心中の陰に誰かがいるとすれば、それはおそらく森宮歌枝だったはずだ。なのにあらゆる物事は彼女ではなく、ひかりを中心に回っている気がしてならない。

森宮ひかりは確かにかわいい子だったけれど、普通の女の子だったと思う。義兄は「あの子のことを好きになったでしょ」と決めつけていたけれど、少なくとも私はまだ、彼女のことを好きでも嫌いでもない。

私は今日持っていたバッグの中から、森宮ひかりにもらった写真を取り出した。今日見たのと同じ制服を着た彼女が、椿ありさという女の子とふたりで並んで写っている。

改めて見ると、確かにひかりは顔立ちの整った綺麗な子ではあるけれど、どこか影がある。こうして写真を撮られることも、いまいち慣れていない感じがする。

でも、やっぱり普通の女の子だ。私が単純なだけかもしれないけれど、見た限り「事件の黒幕」という雰囲気ではない。

(わたしのこと、嫌いですよね)

彼女にそう言われたときの声を思い出す。必死に訴えるような声だった。どうしてこの子は「自分のことを嫌いな人」を探していたのだろう? そんな相手、あえて会いたくもないだろうに。なのに、どうしてあんなに一所懸命私を追いかけてきたのだろう。

私は写真を眺める視線を、森宮ひかりから椿ありさの方へと移す。

この子も綺麗な子だ。華やかでぱっと目立つ。こうして並んでいると、ひかりとは全然タイプが違う気がする。

森宮ひかりは、どうして彼女を避けてほしいと私に頼んだのだろう？　私は本当は、椿ありさに会うべきなのだろうか？　それともひかりとの約束を守って、会わずにいるべきなのだろうか？

（どうしよう。こんなこと相談できる人いないよね……）

頭を抱えていると、私のことを心配しているらしいコウメが、足元でキューンと鳴いた。こんな話を屈託なくできる相手はこの子くらいだ。アドバイスは一切期待できないが。

「そうだ」

私はバッグから、森宮ひかりの連絡先が書かれたメモを取り出した。何であれ、この番号をちゃんと控えておかなければ。いずれ連絡すると約束したのに、あれこれ考えていたせいで、登録するのをすっかり忘れてしまった。

連絡先の登録を終えたとき、またスマートフォンが電話の着信を告げた。今日はよく電話がかかってくる日だ。

画面には「シロさん事務所の黒木さん」とある。

「あっ」

確かにシロさんの助手の黒木さんとは、連絡先を交換してある。でも、シロさんはもう私の件に関わらないはずではなかっただろうか？　疑問に思いながらも電話に出てみると、いつだったか聞いた低い声が『もしもし、神谷さんですか？』と呼びかけてきた。

「はい、神谷です。ご無沙汰《ぶさた》してます」

『夜分に突然すみません。その……』

電話の向こうの黒木さんも、なんだか慌てているように思える。

『夏に神谷さんがいらした件ですが、その、志朗がお話を聞きたいと申しております』

「はい?」

驚いてスマートフォンを取り落しそうになった。あの取り付く島もなかったシロさんが?

今更どうして?

『本当に急で申し訳ありません、神谷さん。ええと、色々ありまして……できればご都合のいい時に、事務所までいらしていただけませんか? 遠いところ申し訳ないのですが……』

いちいち謝ろうとする黒木さんを制して、私は「明日行ってもいいですか?」と尋ねた。明日も平日だけど、まだ有給休暇は残っている。職場には悪いけれど格別忙しいというわけでもなし、なんとかもう一日休むことができるだろう。第一、出勤しても気になって仕事になりそうにない。

電話を切ると、興奮で手が震えていた。このタイミングで黒木さんから連絡があったということ自体、私には意味がある気がした。たとえこれがまったくの偶然だったとしても——いや、それだけに何か運命的なものを感じる。

行かなければ。もう一度、シロさんのところへ。

翌日、再び県境をふたつ越え、今度は昨日とは別の電車に揺られて、私はシロさんの事務所を訪れた。オートロックを解除してもらい、エレベーターで十階へと向かう。

「お待ちしていました」

そう言いながら出てきた黒木さんは、以前と変わらず強面の巨漢だった。

「呼び出しておいてすみません、ちょっと今取り込んでまして……」

そう言って頭を掻《か》く。見かけによらず遠慮がちなところも変わらない。その背後から「まったく、おばちゃんは情けないよ！」という、聞き覚えのある女性の声がした。

「あれ、加賀美さん？」

私がそう呟くと、黒木さんは決まり悪そうに「はぁ」と言ってうなずいた。

応接セットのソファには、相変わらず普通のおばさんにしか見えない加賀美さんと、白髪頭で両目を閉じたシロさんが、テーブルを挟んで向かい合わせに座っていた。シロさんはしょんぼりと俯《うつむ》き、反対に加賀美さんは腕組みをしてそっくり返っている。

「そんなことで詠一郎さんのとこを飛び出したなんてアンタ、バカだねぇほんとに……」

どうやら加賀美さんに叱られているらしいシロさんは、「はい」「おっしゃるとおりです」などと言いながら、ペコペコ頭を下げている。

「あたしゃ何と言ってやったらいいのか……あらっ、神谷さん！」

加賀美さんが私に気づいて声をかけてきた。

「あなたもダメよ、この人を信用しちゃ！　しょうもない男なんだから！」

「はぁ……？」

せっかく訪ねてきた霊能者を、ほかの霊能者に「信用するな」と言われてしまった……ここに来たのは果たして正解だったのか？　私は無性にコウメが恋しくなった。

「えっ、じゃあお師匠さんの娘さんと？　その、普通にお付き合いしてたとかじゃなく？」

いつの間にかソファに座らされ、加賀美さんに話を聞かされていた私は、思わず声をあげた。

「そうなのよ神谷さん！　終《しま》いにホテルから出てくるところを興信所に見つかってねぇ」

「いやその、もう離婚したって言ってたし、その」

「えっ、相手の方既婚者だったんですか？　それはさすがに……」

「いやホント、それ知ってたらやらないんですよ！　……でもスミマセン」

シロさんは私にまで頭を下げ始め、霊能者は聖職者とは限らないのだということを、私は身を以《もっ》て知った。

いやでも、師匠から破門されたんだったら、もう少しもっともらしい理由がほしかった気がする。よりにもよってそんな、「師匠の娘との肉体関係がばれた」なんて。そんな思いっきり俗に寄せてこなくてもいいじゃないかと思うのだが。

テーブルの向こうではシロさんがまだ頭を下げているが、俯きながら、

「加賀美さんはなんでまだ二回しか会ってない人に、速攻でこういうこと話しちゃうんですかねぇ……」

と唸《うな》った。

「だってこんなきれいなお嬢さんを近くに置いといたら、ねぇ」

「そんな見境なくないですよ！」

「あんたが言えた筋合いですか！　それにこれ、神谷さんとまるで関係がない話でもないじゃないの」

加賀美さんが言った。

「私とも関係がある話って、どういうことですか？」

「はいはいはい、加賀美さんはちょっと静かにして！　えーと、まず神谷さん、突然お呼びたてしてすみませんでした。前回お断りしたのにも理由がありまして」

シロさんは夏に私の依頼を断った理由を、改めて説明してくれた。何度も言うようだが、要するに彼では歯が立たない、というわけだ。

「それなら、どうして急に引き受けてくださることになったんですか？」

「引き受けるというか、ご協力を願いたいんです。実は、先般亡くなったボクの師匠から、ボクに遺言がありまして」

シロさんはローテーブルの下の収納ケースから、一本のカセットテープを取り出した。

「まぁ簡単に言うと、あるものの始末をよろしく頼むという内容です。それが神谷さんの件に関係がある。だからお話を伺いたいんです。その代わり、もし神谷さんがお姉さんと甥御さんの死について知りたいとおっしゃるなら、ある程度背景をお教えできると思います」

「あのぅ、ちょっと待ってください」

私は一旦彼の話を制した。

「それはありがたいんですけど、どうしてシロさんのお師匠さんの遺言が、私に関係あるんですか？　お師匠さん、晴香のことをご存じだったんですか？」

「はい」

加賀美さんが、私の隣の席でさっと手を挙げた。会議中に発言権を乞《こ》う体だ。

「それはあたしから、そのお師匠さんにお話しさせていただきました。もう三年以上も前にね」

三年前といえば、加賀美さんが晴香たちを助けてくれたときだ。

「勝手によそに話してごめんなさいね。あのときあたしは、実咲さんのご両親から晴香さんの事情を聞きました。そのときに前妻さんの名前もお伺いして、まさかと思ったのよ。あたしと詠一郎さん、一応前から名前くらいは知ってる仲でしたからね」

「そもそも、お姉さんたちに憑《つ》いていたのが『きょう』だとわかった時点で、身内を疑ってはいたんですよ」

シロさんがまた割って入った。「あれはよみごがやる方法で作られたものだから。その方法を知ってるってことは、よみごか、よみごにかなり親《ちか》しい人間である可能性が高い」

シロさんはテーブルの向こうで、猫背になっていた姿勢を一旦正した。

「ボクの師匠の名前は森宮詠一郎といって、森宮歌枝さんの実の父親です」

「はい？」

同時に声をあげたのは、私と黒木さんだった。

「そういうことです」

「そういうことって志朗さん、あれでしょ？　森宮歌枝さんってさっき加賀美さんが言ってた、破門の原因というかその」

黒木さんが問いただす。シロさんがうなずく。

「そうです」

黒木さんはうなだれて大きな溜息をついた。

「ほんとに過去のセフレと揉めることになるとは……」

「ボクもこの揉め方は想定外じゃ」

不穏だ。今までとは違う感じに不穏だ。大丈夫なのだろうか。シロさんを頼っても。

「まぁその、破門の事情はともかく」

「事情っていうか、痴情よね？」

「加賀美さんは黙って！」

「あの、失礼ですけど！」私は小学生の頃のように手をピンと伸ばして挙げ、ふたりの話に割って入った。

「急に私の話を聞く気になったということは、勝算があるってことですよね？」

「そりゃ、師匠に頼まれたというだけではお引き受けしません。ボクは強いよみごではないので」

「師匠の恩義に殉ずるとかいう話ではないわけね」

と、加賀美さんがまた口を挟む。

「もちろんです。殉ずるなんて縁起でもない」

シロさんはそう言うと、テーブルの下から風呂敷包みを取り出して、よく磨かれた天板の上に置いた。

「シロさん、それ……」

加賀美さんの顔から笑みが消える。

「師匠からもらったんだから、いいでしょ。神谷さん、これが勝算です。前回はなかった秘密兵器です」

そう言った全盲のはずのシロさんの顔は、私の方をぴたりと向いていた。

図書委員の森宮さん

森宮さん、こわい話好きなの？　って声をかけた一瞬あと、私は（なんでこんな、いきなり話しかけちゃったんだろう）と後悔した。

四月から私たちは中学生になった。同じ市内の西小学校と東小学校の子たちが同じ中学校に入学するから、同学年なのによく知らない子がたくさんいる。森宮ひかりさんもそのひとりだった。

私は東小で森宮さんは西小。だから小学校のころ森宮さんがどんな子だったかなんて知らないけど、それでも人気者だってことは、入学してすぐにわかった。

なんていうか、「みんなのお姫さま」みたいな感じだと思った。森宮さん自身、ほっそりしていて顔立ちが整っててきれいな子だけど、とにかくみんながこの子を大事にしてるって感じがする。西小から来たみんなが森宮さんに優しいし、いやなことから守ろうとしていることがわかるのだ。だから森宮さん、ちょっと近寄りがたいねって、同じ東小出身の子と話したりしていた。

ところがクラス内での役割が決まって委員会活動が始まってみると、一組の図書委員は私で、二組は森宮さん。図書委員には昼休みや放課後に貸出当番があって、週に一回か、多くて二回だけど、これがかぶるのだ。だから自然と顔を合わせる機会ができた。

それでもまだそんなに仲がいいわけじゃなかったけど、そういうことのきっかけって、本当にちょっとしたことだったりするのだ。

その日私と森宮さんは、読書週間にむけて紹介コーナーの本を選ばされていた。誰が決めたか知らないけど、「新入生が選んだ本」っていうしばりの棚があったのだ。

森宮さんはどんなのを選ぶんだろうと思っていたら、いきなり怪談系の本を何冊も持ってきたので、私はおどろいてしまった。かわいくて大人しそうな外見とのギャップがあまりに激しい。で、思わず口から出たのが「森宮さん、こわい話好きなの？」だった。

お姫さまに対していきなりなれなれしかったかな、と緊張していたら、森宮さんは大きな目をおどろいたみたいに何度かぱちぱちさせてから、「うん」と答えて笑った。「姫」っていうほど目立つタイプじゃないと思っていたけど、笑うとかわいい。守ってあげたい系のお姫さまなのかもしれない。

「私も好きだよ、こういうの」

そう言うと、森宮さんはうれしそうに「そうなんだ。高田《たかだ》さんだよね？　どんなのが好きなの？」と返してくれた。

棚を飾りつける色紙をチョキチョキ切りながら、私たちはふたりで本の話をした。一口にホラーと言っても色々で、私が好きなのはダークファンタジー系のものだけど、森宮さんは実話系が好きらしい。好みはちょっとちがうけれど、森宮さんと話すのは楽しかった。時間がどんどん経ってしまう。

「高田さんて、東小からだよね」

森宮さんが言う。「だからちょっと、ほっとするかも。西小の子たちって、わたしにすごく気をつかってくれるんだよね。別に悪いことじゃないんだけど、なんかね……」

森宮さん、自分のお姫さま扱いをそんな風に思ってたんだ。なるほど、大切にされ過ぎるときゅうくつなものかもしれない。森宮さんがお姫さまなら、私はお姫さまを外に連れ出す下町の娘あたりだな。おお、いい役どころじゃないの？　なんて妄想しているうちに下校時刻がせまって、委員会も今日のところは解散ということになった。

私と森宮さんが図書室を出て昇降口に行くと、入口の近くにだれかが立っていた。

「ひかり！　委員会終わった？」

椿さんだ。森宮さんと一番仲よしで、いつもいっしょにいる女の子。

椿さんもやっぱり西小出身だけど、有名人だから私も顔くらいは知っている。ぱっと目立つ感じの美人さんで、なんでもできる優等生らしい。私なんかとは住む世界がちがうって感じで、実際ろくにしゃべったことすらなかった。

椿さんは私を見て、「だれ？」って感じの、ちょっと怪訝《けげん》そうな顔をする。さてはこの子がお姫さまのお守り役だな、などとすぐ考えてしまう私は、ちょっと異世界ファンタジーものに影響されすぎかもしれない。

「一組の高田さん。図書委員会でいっしょだったの」

「あ、そうなんだ。よろしくねー」

椿さんは私にむかってにっこり笑う。カンペキな笑顔だ。アイドルみたい。

「ふたりで何話してたの？」

「本の話。わたしも高田さんも、こわい話が好きだから」

「そうなんだ！　あたしも好きー。今度高田さんのおすすめも聞いていい？　今日はもう下校時刻だから帰らなきゃだけど。ひかり、いっしょに帰ろう！」

椿さんは一気にしゃべって、私から森宮さんを連れ去ってしまう。なんだか「この子のことを一番好きなのはあたし！」っていう感じがする。

でも帰り際に私に向けて「またね！」と笑った椿さんは、やっぱりめちゃくちゃかわいい。だからヨシ、ということにして、私も家に帰った。


「あー、森宮ひかりさんか。知ってる知ってる」

私に彼女のことを教えてくれたのは、県内の大学に通う従姉《いとこ》だった。ボランティア活動の一環で、西小の学童保育の手伝いをしているのだ。逆に言えば、学校とその程度の関わりしかもっていない従姉ですら、知っているような子だったということだ。

「人気者だったからねぇ。目立つタイプじゃなくって、むしろおとなしい印象だったんだけど、なんていうか、この子を笑わせたいとか、喜ばせたいって気持ちになるんだよね。あれが魔性ってやつなのかな～」

マショウとな。おとなしそうな森宮さんには似合わない言葉のような気がするけど、まぁでも、人をめちゃくちゃ惹きつけるっていうことなら、たしかに魔性なのかもしれない。

「そんなにすごかったんだ」

「まぁね。卒業しちゃうときなんか、私たちまで泣いたもん。ひかりに会えなくなるの寂しい～！　って言って。でも不思議だよね。いざ卒業して顔を見なくなったら、熱みたいなのがスーッとひいちゃった。今はたまに話に出るくらいかなぁ」

「ふーん……」

正直、ピンとこない。たしかに森宮さんはかわいいけど、実際話してみると正直「思ってたより全然ふつう」って感じだ。魔性がどうとかって感じは、少なくとも私にはしない。

「なーに？　瑞希《みずき》、森宮さんと仲よくなったの？」

「特別仲いいってほどじゃないけど、図書委員でよくいっしょになるから。たしかにきれいな顔してるよね」

「そうそう。見た目だけでいえば、いつもいっしょにいた椿さんて子の方が目立つ感じの子だったけどね。その子も同じ学年でしょ？」

「うん」

そうか、その頃から椿さんは森宮さんにべったりだったんだな。ずっと前から仲よしだったんだろうか？　なんだか、ふたりのことが妙に気になってしまう。

「図書委員ねぇ。たしかに森宮さん、本好きだったかも」そう言って従姉は手を叩いた。「あぁそうそう、こわい話が好きだった！　森宮さんが好きだっていうからみんなも図書室でホラーっぽいの借りるようになって、こわい話ブームみたいになってたことがあったよ」

「へぇ、すごいね……」

「ねー。なんか聞いた話だけど、森宮さんちって親が離婚してて、お母さんしかいないんだって。で、そのお母さんも昔大怪我して働いたりするのが大変だから、それで『みんなで守らなきゃ！』みたいな感じになったのかなって」

「ふーん」

従姉の話を聞きながら、そういうの、森宮さん的にはどうなのかなと考えた。みんなに同情されて大事にされるって、自分がされたらありがたくはあるけど、ちょっとモヤモヤしてしまいそうな気もする。仲のいい子だけじゃなく、よく知らない子にまで優しくされるって、なんだかきゅうくつそうで、いいことばかりじゃないのかもしれない。

森宮さんにどういう苦労があるのかわからないけど、私が彼女にしてあげられることは少ない。図書室で会ったらふつうに話すことくらいだ。森宮さんはスマホとかも持っていないから、直接会って話すしかない。

森宮さんは、相変わらず私としゃべっているとほっとするらしい。

「西小の子たちに気をつかわれるの、ずっとだとつかれちゃうんだよね。だから高田さんと話すの、楽しい」

中学校はみんな何かしら部活に入らないとならないから、森宮さんは「本が読めそう」という理由で文芸部に入部したそうだ。そしたらそれまで人気のなかった文芸部に新入部員が押しよせて、ゆっくり本を読むどころではないらしい。卓球部の私は体育館で活動しているから、そんな騒ぎになっていたなんて知らなかった。

なるほど、お姫さまにも悩みがあるんだなぁ、なんて考えつつ、人気がある子に名指しで「話すの楽しい」なんて言われるとうれしくなってしまう。ニヤニヤしているのがばれないように、私はちょっと顔をそらす。


森宮さんのようすがおかしいなと思ったのは、確かゴールデンウィークが明けた後だった。ふだんどおりにふるまっているようだけど、ふとした時になんだかこわい顔をしている。くちびるをぎゅっと噛《か》んで、まゆをひそめて、ひどく怒っているような顔なのだ。

森宮さんがこんな顔をしてるなんてめずらしい。連休の間に何かあったんだろうか？　気にはなったけど、直接本人に聞く勇気はなかった。私、そんなこと聞くほど森宮さんと親しかったっけ……？　とか考え出すと、つい二の足を踏んでしまうのだ。

でも気になるよな、と思っていた頃のことだった。森宮さんに突然「高田さんに頼みがあるんだけど」と言われたのは。

「あの、本当に変なことを頼みたいんだけど……無理ならいいんだ、無理しないで」

森宮さんはそんなことを言ってもじもじしている。「変な頼み」って、最近ようすがおかしかったことと関係あるんだろうか？　気になってきた。

「頼みって、どんな頼み？」

私が聞くと、森宮さんはちょっとうつむきながら、

「あの……椿さんと話さないようにすることって、できないかな？」

と言った。

「へ？」

私は思わずばかみたいな声をあげてしまった。なんのことやらと思ったけれど、森宮さんはとても真剣な顔をしていて、冗談を言っているようには見えなかった。

「――椿さんって、あの椿さん？　二組の」

私が聞くと、森宮さんは「そうそう」と言って何度もうなずいた。

「森宮さんとよくいっしょにいる？」

「うん」

「美人でなんでもできちゃう椿さん？」

「うん、そう」

森宮さんたら、おかしなことを言うものだ。

まぁ、頼まれごと自体は別にむずかしくないと思う。あのいかにもスクールカースト上位み

たいな椿さんと、私が仲よくなる機会なんてそんなにないだろうし（自分で言ってて情けないような気もするけど）、クラスも違う。部活もかぶっていない。「椿さんと仲よくなって」ならむずかしいけれど、「話さないようにして」ならたぶん簡単だ。

でも、森宮さんはどうしてこんなことを私に頼むんだろう？

不思議に思っていたのが顔に出ていたのだろう、森宮さんは「あの、高田さんが別に何かしたとか、そういうわけじゃないの」と慌てて言った。

「ありさちゃん――椿さんって、わたしにすごく優しいのね。でもそれだけじゃなくて、ほかの子にも『ひかりに優しくして』って言ってるような気がするの。みんながわたしに優しいのって、椿さんの影響じゃないかと思って。高田さんは東小の子で、そういう感じじゃないから、そのままでいてほしいなと思って……」

なるほど。森宮さんは、自分の人気は椿さんのカリスマのせいだと思っているらしい。よくわからないけど、ああいう目立つ子に影響を受けちゃうっていうのは、結構ある話なのかもしれない。森宮さんがあえてこういう風に言うってことは、実際何か心当たりがあるのかもしれないし……。

まぁ椿さんの影響がなくても私は森宮さんにわりと優しいつもりだけどな――なんて思いつつ、そんなに悪い気はしない。森宮さんはいい子だし、話も合うし、もっと仲よくなりたいと思う。そんな彼女が折り入って私に頼みごとをしてきたこと、そしてそれを叶《かな》えてあげられそうだってことが、私にはけっこううれしい。

「いいよ。そもそも椿さんと話す機会とか、ほとんどなさそうだし」

「ほんと？　ありがとう！　ごめんね、変なこと頼んで」

「いやいや」

とすると、森宮さんがときどきこわい顔をしているのは、椿さんのせいなんだろうか？　それもなんだか違う気がする。だって椿さんは前からずっと森宮さんといっしょにいるわけだし、タイミングが合わない——気にはなったけど、やっぱり森宮さんには聞けなかった。そこまで踏み込んでしまうと、逆に嫌われてしまうような気がしたからだ。


そういうわけで私は森宮さんに事情も聞かずに、とりあえず椿さんを避けるようになった。思ったとおり、あえて避けたりしなくても特に関わる理由がない。ただ、あんな風にお願いされてしまうと、前よりも椿さんのことがかえって気になってしまう。ついでにふたりと同じクラスになった、東小出身の子たちのことも。

入学してしばらく経ったけれど、森宮さんはどうやら「みんなのお姫さま」のままみたいだ。うわさが耳に入ってくるし、二組になった子たちはなんだか前と感じが違う。

おかしいな、と思ったのは、前からよく「ホラーが苦手」と言っていた子が、図書室に本を借りにきたときだ。カウンターごしに私に向かって差し出したのは、森宮さんが好きそうな怪談の本だった。

「あれ？　そういうの、苦手じゃなかったっけ？」

例によって図書委員会の当番をしていた私は、その本の表紙を見て、思わずそうたずねてしまった。その子はちょっと困ったように笑った。

「そうなんだけど、森宮さんがこわい話好きだっていうから……共通の話題とかほしいかなって思って」

かわいいんだよね、森宮さん。

そう言ってその子は、掲示板の方にいる森宮さんの方を見た。つま先立ちになって、今月の「図書だより」を貼っている。それを眺めるその子の目が、なんだかやけにキラキラしていた。

どうしてか、その様子を見ていた私は急にゾッとしてしまい、さっさと貸出手続きをすませると、その子に本を渡した。

「ありがとう。当番おつかれー」

そう言って図書室を出て行く彼女を見送りながら、私はふと「おかしい」と呟いていた。

何が？　と言われるとよくわからなくなるけれど、何かがおかしい。

そんな気がしてしかたがなかった。


森宮さんは二組だけじゃなく、だんだん学年中の人気者みたいになってきた。先輩たちの間でも、ときどき話題になっているらしい。

だれひとり、森宮さんのことを悪く言うひとはいないみたいだ。みんな、森宮さんのことが好きらしい。図書室ではホラー系の本の貸し出し数がぐんと増え、司書の先生がおどろいていた。

六月になったけれど、私は相変わらずだ。森宮さんと話すのは図書当番のときがほとんどで、そうじゃない日はそれほど会ったり、わざわざ話したりもしない。クラスも部活もちがうし、そもそも森宮さんはいつもみんなに囲まれているから、話したいと思ってもなかなか機会がないのだ。

ついでに、椿さんと話したりする機会もない。だから私は、特に努力もせず、森宮さんとの約束を守り続けることができていた。

「いいよね、瑞希は。森宮さんと図書当番かぶるんでしょ？」

そんな風に言われることが増えてきたのは、いつ頃からだっただろうか。

図書当番だけじゃない。廊下ですれ違ったりすると、森宮さんは私にあいさつをしてくれる。知り合いなんだから当然だ。でも、ほかの子たちからすると、それがすごくうらやましいものに見えたりするらしい。

だって、みんな森宮さんのことが大好きだから。

うらやましがられることが増えるにつれて、私と元々仲がよかった子たちが、だんだんよそよそしくなってくる。おかしなことになってきたな……と思っていた矢先、登校したら私の机の上に花が置かれていた。しかもわざわざお仏壇に飾るような花を用意して。

「は？　なにこれ」

本当にびっくりして、大きな声が出た。だってこれ、あまりに絵に描いたような「いじめ」じゃないかと思ったのだ。

「だれかこれ、ここに置いたー？」

もしかすると、だれかが別のところに置くつもりで、一旦私の席に置いたのかもしれない。そんな期待を込めて周りを見たけれど、だれとも目が合わない。みんな私の方を見ないのだ。明らかに避けられている。

今まで当たり前だった私の世界が、ガラガラと音を立てて崩れていくような気がした。

それからいろんないやがらせが始まった。花だけじゃない。ロッカーの中身が出されて床に散らばっていたり、私物がなくなったり、みんなが私のことを無視したりするようになった。机の上にマジックで「調子にのるな」と書かれていたこともある。たった一週間くらいの間に、これらが全部起こったのだ。

だれかに相談しなきゃと思ったけれど、入学早々親に心配をかけたくないし、先生にも言いにくい。とにかく登校しなきゃ、一回休んだらもう学校に行けなくなる、と思ってふだん通りに学校に通っていたけれど、ある朝玄関で靴をはこうとしたとき、私は突然過呼吸を起こした。あ、もうムリなんだ、と思った。その日はとにかく一日休むことになって、私は部屋に閉じこもった。ベッドの中でいろんなことを考えた。やっぱり、森宮さんのことが原因だという気がする。ちょっと接点があるってだけなのに、こんなにねたまれることになるなんて思っていなかった。でもこんなこと、森宮さんには相談できない。

もし相談したら、森宮さんはたぶん私のことを心配してくれるし、いっしょに困ってくれるとも思う。でも、ただでさえ何か悩んでいるらしい森宮さんに、こんなことを言うのはいやだ。ますます悩ませてしまうだろう。

でも、どうしたらいいのかわからない。涙が勝手に出てきてしまう。

寝ているうちにいつの間にか夕方になっていた。下校時刻を知らせる放送が小さく聞こえる。今ごろみんな家に帰ってるんだろうな。森宮さんは何してるかな……学校のことを考えると胸がつぶれそうだ。そのときだった。

部屋のドアがノックされた。

「瑞希、お友だちが来てるけど……」

母さんの声がした。

「友だちって？」

もしかして森宮さんかな、と思った。体を起こして声をかけると、ドアの向こうから母さんが答えた。

「椿さんっていう子。どうする？」

それにかぶせるように、「高田さん！　急にごめんねー」という高い声が聞こえた。

次の瞬間、私の口から何かに導かれるように出てきたのは、「なんで椿さんが？」でも「帰ってもらって」でもなく、なぜか「どうぞ」という言葉だった。

「急に来たからびっくりしたでしょ、ごめんね」

椿さんは夏服姿だった。美人だから、私のと同じ制服を着ているのになんだかおしゃれだ。長い髪をポニーテールにしていて、ほっそりした首がきれいに見えた。

「実はひかりが――あっ、森宮さんが高田さんのこと心配してさ。自分のせいで迷惑かけてないかって。一組の子に聞いたんだけど、いじめっていうか、色々されてたんでしょ？　クフス違うから、あたし全然気づかなかったんだ。ほんと、ごめんね」

椿さんがあやまることじゃないのに……ていうか、派手な子だからちょっと警戒していたけど、椿さんはとても気さくで優しそうだ。私の目をじっと見つめて話すので、ついつい顔を見返してしまう。かわいい。

でもかわいいだけじゃなくて、なんだか不思議な子だ。見ているだけですーっと心を奪われそうな目をしている。さっきだって外からちょっと声をかけられただけなのに、親しくもなかった椿さんをあっさり部屋に入れてしまった。どうしてだろう。

「ていうかハラたつよね！　高田さん、なんにも悪いことしてないのにさ」

きれいな顔をゆがめて、椿さんはまるで自分のことみたいに怒りだす。

「今度ヘンなことしてる奴見かけたら、あたしが一言言っとくからね！　まかせて。声と態度はでかいし、やられたらやり返すタイプだから。へへへ」

「そんな、悪いよ……でも助かる。ありがとう」

「いいのいいの！　だってひかりが心配してるもん」

ひかりが、というところが妙に強調されているような気がして、私はつい、「椿さん、森宮さんとすごく仲いいよね」と言ってしまう。それに、椿さんは花が咲くような笑顔で応えた。

「うん！　あたし、ひかりのこと大好きなの！」


椿さんは明るくて話上手で、気がつくと私はすっかり話し込んでしまっていた。連絡先まで交換してしまい、私は心の中で（森宮さん、ごめん！）と謝りながらも、やっぱり椿さんとコンタクトがとれた方が頼もしいなと思う。またいやがらせを受けたときに相談しやすいからだ。だんぜん心強い。

「よかったらあたしのこと、椿さんじゃなくてありさって呼んでよ。あたしも今度から高田さんじゃなくて、瑞希って呼ぶから」

そう言われて「わかった」と答えてしまったから、今度からは椿さんのことを「ありさ」って呼ばないとならない。森宮さんにはますます悪いけど、そもそも「可能な限り」っていう約束だったんだから、たぶん許してもらえるだろう。


次の朝、家族に心配されながらも登校すると、ウソみたいにいやがらせはなくなっていた。机には何も置かれていないし、持ち物も隠されたり、捨てられたりしていない。

元々仲のよかった子たちが謝ってきた。二組の子に脅されて、私を無視しなきゃならなかったのだという。正直全然スッキリしないけど、私だってだれかに脅されたら、こわくて言うことを聞いてしまうかもしれない。結局みんなを責めるのはやめて、ふだんどおりの学校生活に戻ることにした。これ以上面倒なことになりたくなかったし、とにかくいやがらせはなくなったのだ。

それにしても椿さん、いつの間に根回ししてくれたんだろう？　急になにもかもが自然に元通りになるなんてさすがにおかしいから、きっと椿さんが何かしてくれたに違いないのだ——いや、椿さんじゃなくて「ありさ」か。

その日はちょうど図書委員の当番があって、昼休みに図書室に行くと、森宮さんが私を待っていた。

「高田さん、大丈夫？　色々あったんだよね？　ごめんね、迷惑かけて」

なんて、森宮さんは全然悪くないのに、私に謝ってくれる。

「実はちょっと悩みっていうか、ショックなことがあって。そのことを考えてると、ときどきぼーっとしちゃうの」

私へのいじめに気づかなかったことが、森宮さん的には申し訳ないのだろう。これまで話してくれなかった悩みを打ち明けてくれた。

「わたしの家、両親が離婚してるの。遠いところに住んでたはずなんだけど、もしかするとお父さんたちが引っ越したのかな……こないだ、出かけたときにたまたま顔見ちゃったんだよね。新しい家族と歩いてて。ちっちゃい子がいて、なんかすごく楽しそうに見えちゃって」

そんなことがあったんだったら、確かにすごくショックだろう。自分の親が別の家族を作って、その人たちと楽しく過ごしているなんて――目の当たりにしてしまったらどんな気持ちになるか、私には想像もつかない。

なるほど、森宮さんも大変だったんだな、と思う。もちろんハナから怒ってなんかいないけれど、私が困っているのに全然気づかなかったことも納得がいく。むしろ、森宮さんの方がもっと苦しい思いをしていたんだ。

「こんなことだれにも言えないからずっと黙ってたんだけど、高田さんに話したらちょっとスッキリしちゃった」

そう言って森宮さんは笑った。

「あ、でも誰にも言わないでね！　特に椿さんには内緒にして。椿さんに気づかれると、ちょっとね……わたしのこと、すごく心配する子だから」

確かに、ありさって森宮さんのことになると過保護になる。「わかった、誰にも言わない」と約束しながら、私は森宮さんとの約束を守れなかったことを、心の中でこっそり謝った。ありさと仲よくなってしまったことは、そのうちきちんと打ち明けよう。

卓球部が活動するフロアを清掃するのは一年生の役目だ。作業を終えると下校時刻ギリギリになっていて、私たちは「またね」とか言いながら手をふって別れる。同じ方向に帰る子はたまたま休みで、私はひとりで校庭を突っ切って校門へと急いだ。

夕方といってももう日が長いから、全然危険な感じはしない。でも、校門の柱の陰から突然

「ばあ！」と言いながらひとが出てきたので、思わず「ひゃあー」とマヌケな声をあげてしまった。

「ごめんごめん！　そんな驚くと思わなかった！」

手を合わせて拝むようなポーズをしているのは、ありさだった。

「卓球部が解散するところが見えたから、瑞希がいるかなーと思って」

「びっくりした！　あれ、今日は森宮さんといっしょじゃないの？」

「うん、ちょっと用事があってね」

ありさはまるで元々待ち合わせの約束をしていたみたいに、私と並んで歩き出した。

「ねぇねぇ瑞希、ちょっと聞きたいんだけどさ」

「なに？」

「最近、ひかりってちょっと元気ないと思わない？」

ああ、やっぱりありありさも気づいてたんだ。そう思いながら私は「そうかも」とお茶をにごした。

森宮さんはお父さんのことで悩んでいて、でもそれを他人には――特にありさには知られたくないのだ。今日言わないと約束したばかりで、でもこうやって話していると、ついうっかり秘密をもらしてしまう気がして心配になる。だから話題を変えてもらえないかなと思っていたけど、ありさはそうしなかった。

「瑞希も気づいてたんじゃない？　気になるよね。何か理由があるんじゃないかと思って聞いてみたんだけど、ひかり、全然教えてくれないんだ」

そう言ってかわいらしく唇をとがらせる。

「そっか……」

「ねぇ、もしかして瑞希、ひかりから何か聞いてない？」

ぎくっ、としてしまった。あまりにピンポイントを突かれて、心臓が軽くジャンプする。

「えー？　何も聞いてないけど」

とっさにそう返したけれど、うそ臭くなかったかどうか怪しい。ありさは「そうぉ？」と小首をかしげる。

「いやさー、ひかりって、瑞希のこと特別信頼してる気がするんだよね」

「そう？　そうかなぁ」

こんな場合でも、そう言われるとうれしい。「お姫さま」の森宮さんに「特別」信頼されている、というのはなんていうか、グッとくるものがある。いつもいっしょにいるありさのお墨付きなら、なおさらうれしい。

「そうだよー。なんかさ、瑞希って聞き上手でしょ？　で、余計なことはしゃべらないしさ。この子になら大事なこと話しちゃってもいいかなぁって気がするんだよね。だから、ひかりが何か話してないかなぁと思ったんだけど……」

ふいにぴた、とありさが足を止めた。つられて私も立ち止まる。

突然雲が流れて、辺りが一瞬暗くなった。

ありさがまっすぐに私を見つめている。ガラス玉みたいな大きな瞳が、魔法みたいに輝いている。

「ほんとに何も聞いてない？」

少し低いありさの声が、呪文《じゅもん》のように聞こえる。

ありさに見つめられていると、なんだかその目を通して、頭の中に何かがするっと入ってくるような感じがした。ぐらりと視界がゆれる。だれかに脳みその隙間を探られているような気分だ。でも、私はまだありさを見ている。

目が離せない。

雲が切れて、元通りに光がさし始めた。

ありさはまだ私を見つめている。真剣な、一歩まちがったら泣き出してしまいそうな顔だ。

ああ、とためいきをつきそうになる。この子は本当に森宮さんのことが心配なんだ。森宮さんのことが大好きだから、心配で心配で仕方ないんだ。ありさの気持ちが私の心に直接入ってくるような気がして、ついこっちが泣きたくなってしまう。それくらいこの子は森宮さんのことを想ってるんだ。

いいのだろうか。私なんかが、ありさに、森宮さんのことで隠し事をするなんて。

いくら森宮さんに頼まれたからといって、そんなこと、本当はしてはいけないんじゃないか。

そんなことしたって、森宮さんのためにはならないんじゃないか。むしろ、かえってよくない結果を招いてしまうんじゃないか。

私の中でふたつの声がしていた。「約束を守らなきゃ」という声と、「ありさに協力してもらった方がいい」というもうひとつの声。どちらも私の声だけど、ありさに見つめられているうちに、どんどんふたつめの声が大きくなってくる。

「ほんとに何も聞いてない？　お願い。あたし、ひかりのことなんでも知りたいの」

ありさがもう一度私に尋ねる。

そのとき、何かがはじけたみたいに、私の両目から予想もしなかった大粒の涙があふれだした。どうしてこうなったのか、どうしていいのかわからない。

「え、ちょ、ちょっと待って、ごめん」

そう言いながら手で顔をこすっていると、ありさは両腕をのばして私をぎゅっと抱きしめた。あたたかくてやわらかくて、いい香りがした。

「よしよし、大丈夫。がんばったね。全部あたしに任せていいんだよ」

そう言いながら、ありさは私の頭をゆっくりとなでた。

「瑞希、話してくれてありがとね」

「うん」

「ひかりのことは大丈夫だから。あたしがなんとかするから」

「うん」

「瑞希に聞いたって言わないから。あたしと瑞希の秘密にしようね」

「うん」

「あ、もう瑞希の家に着いちゃった。じゃあ、またね！」

「うん、またね」

ありさは手を振って、道の向こうに歩いていく。私も手を振りながら、そのきゃしゃな姿を見送った。

きっと大丈夫だ。約束は守れなかったけど、最初からこうするべきだったんだ。

こうするのが森宮さん——ひかりのためにはいいことなんだ。

とても晴れやかな気持ちだった。私は鼻歌をうたいながら玄関の鍵《かぎ》を開けた。


夏休みの間はつまらなかった。ひかりに会う機会がめっきり減ってしまう。登校日に顔を見た程度で、なかなか話しかけるタイミングがなかった。

だから夏休み明けはうれしい。休みの間に読んだ本の話とか、いろんなことを話したい。

ひかり、元気になったかな？　ありさがいるから大丈夫か。そう思って気軽に登校したら、どうもちょっときな臭いことがあったらしい。

「二組に転校生が来たんだって。新浜《にいはま》さんっていう子」

みんながうわさをしている。二学期から転校生か、ちょっと変わってるなと思ったら、どうやらワケありの子みたいだ。

「なんか、前の学校でトラブル起こして転校することになったらしいよ」

「あー、なんかわかるかも……」

「態度わるいよね。席近くだから声かけてあげたのに、無視されたんだけど」

一組も二組も、女子も男子もうわさで持ち切りだ。でも一番ざわついたのは、どうもその女生徒が、ひかりと揉めたらしいという話が持ち込まれたときだった。休み時間、教室に戻ってきたひかりがドアを開けたら、たまたま外に出ようとした転校生とぶつかりそうになったらしい。

「森宮さんは謝ったのに、新浜さんは何も言わなかったんだって。それどころか、森宮さんのことにらんでたらしいよ」

「うわ、最悪」

「なんでそんなことしたんだろ?」

「ちょっと許せないよね」

そう声をかけられて、私もうなずく。ひかりにそんなことするなんて許せない。ほかの子が相手でももちろん悪いと思うけれど、よりによってひかりにそんな風にするなんて。

ありさも私と同じふうに思ったんだろう。口をぎゅっと閉じて、怒ってるみたいな顔をしながらみんなの話を聞いている。

ひかり、大丈夫かな。いやなことされて傷ついたりしてないかな。あいさつくらいはするけど、なかなか話しかけるタイミングがつかめない。

私は図書当番の日が待ち遠しかった。

新学期が始まって二日後、ようやく図書当番が回ってきた。

みんなはいやがる当番だけど、私はこの時間が一番好きだ。ひかりとゆっくり話せる。ひかりはいつもだれかといっしょだから、ふたりきりの時間はとても貴重だ。

「ひかり！　ひさしぶり！」

図書室に入ってさっそく声をかけると、ひかりはなぜかぎょっとした顔で私を見る。夏休みの間会えなかったので、私は顔を見られただけですごくうれしい。でも、なんでこんな顔されなきゃならないんだろう？

「……高田さん、今わたしのこと何て呼んだ？」

「え？　ひかりって」

そういえば私、前は森宮さんって呼んでたんだった。夏休みで会えない間に変わってしまった。なんでだっけ？

ああ、ときどきありさと連絡とってたからか。ありさが「ひかり」って呼ぶから、うつっちゃったんだ。

「やっぱり高田さん、ありさちゃんと仲よくなったんだ」

するどい。

森宮さんにそう言われて、私は約束をやぶってしまったことを思い出す。でも、ありさと仲よくなったのは、ひかりのためでもあるんだし……でも、やっぱりよくなかったかな。

「ごめんね、ひか……森宮さん」

「ううん、いいよ。ありさちゃん、すごいフレンドリーだし、グイグイくるもんね」

森宮さんはそう言って、諦めたように笑った。本当にごめんね、と思いながらも、私は胸をなでおろす。すごく怒らせてしまって、絶交されたらどうしようかと思ったのだ。優しい子でよかった。

やっぱりひかり、ひかりは、すごくいい子なんだ。


ところで二組の転校生は、初日からしっかり孤立してしまった。

まぁ、当然そうなったまでのことだ。私も好き好んで話しかけたりはしない。見るからに意地悪そうな顔してるし、そんな子に関わろうとは思わない。

でも、となりのクラスの子だから、たまに顔を見てしまうときもあって、そんなときはいやな気分だ。胸がムカムカする。

あの子、またどこか別の学校に転校すればいいのになんて、そんなことまで考えてしまう。私なんかはただ考えているだけだけど、なかには面と向かって「もう学校に来ないでよ」と言う子もいる。なかなかあんなふうにはっきりは言えない。私はいやな子に関わるのがこわくて言えないけど、内心（いいぞ！）と思って応援している。

でも転校生は思ったよりしぶとい。そう言われたくらいじゃ全然学校を休んだりしない。話が通じないって、ほんとに困ったものだ。そう思っているのは私だけじゃないみたいで、最近は机にいたずら書きしたり、持ち物を隠したりする子もいるらしい。

そういうことは、もっとやった方がいいと思う。言葉で伝えてダメなんだったら、「ここは君がいるべきところじゃないんだよ」って、態度で示さなきゃ。これはいじめじゃなくて正当防衛だ。いや、しつけって言った方がいいかもしれない。だめなことはだめって、ちゃんと知ってもらわなきゃ。

いじめっ子がいたら、そのせいでひかりがいやな思いをするかもしれない。こわい思いをするかもしれない。実際、最近のひかりは元気がない。前よりももっと深い悩みごとがあるみたいに見える。

早く元気になってもらわなきゃ。


図書当番が好きだ。委員会の集まりがある日も好き。ひかりに会えるから。本当は私も文芸部に転部したいけど、部員が増えすぎるとひかりはイヤだろうからやめた。ああでも、最近は学校に行くのが楽しい。毎日図書当番があればいいな。それに、図書室の本が全部こわい本になればいい。ひかりがこわい本が好きだし、ひかりが好きなんだからみんなも好きに決まってる。私もこわい話が大好きだ。

ありさと仲よくなれたのも本当によかった。一回親しくなってみたら、本当にいい子だ。私だけじゃなくていろんな子と仲よくしていて、友だちが多い。ありさとはよくひかりの話をしている。ひかり、図書当番のときはどんなことしてるの？　って聞かれるから、知ってることを教えてあげる。ありさと話すのはとても楽しい。でも、私がよくありさと話してるってことは、ひかりにはあまり言わないことにしている。ちょっと悪いかなとは思うけど、やっぱり前は「話さないようにして」って頼まれてたわけだし、あんまり言わない方がいいかなって思う。ありさもそう言っていたし、私はそれでいいんだ。

でも最近、ひかりはますます元気がない。委員会や部活がない日にも学校に残って、下校時刻ギリギリまで図書室で本を読んでいる。私が「どうしたの？」って聞くと、何か言いたそうな顔をするけど、やっぱり何も教えてくれない。どうして教えてくれないんだろう？　いつか教えてくれるんだろうか。

やっぱり、転校生のことで悩んでるのかな、と私は思う。

ありさやほかの子たちが守っているから、初日以来、転校生はひかりに声をかけてもいないみたい。それでいいと思う。相変わらず彼女に対する「しつけ」は続いている。それでも学校に来るなんてやっぱりしぶといなと思っていたら、今日はずぶぬれになった体操着が机の中にぐちゃぐちゃに詰められているのを見つけて、その辺に座り込んで泣いちゃったらしい。ようやく自分が歓迎されてないってことがわかったのかもしれない。これでひかりの目の届くところにあの子が現れなくなったら、ひかりは元気になるんじゃないかと思う。

それでいい。ひかりがいいのならそれで。

「ひかり！　ひさしぶり」

でいいか。

「高田さん、ひさしぶり」

図書当番は相変わらず週一だからひさしぶりでもなんでもないけど、私にとっては待ち遠しい日なので、ついつい「ひさしぶり」と言ってしまう。ひかりも合わせてくれるけれど、相変わらず私のことを「高田さん」と呼ぶ。「瑞希」とは呼ばない。まぁ、ひかりがいいならそれでいいか。

ひかりは四月よりも髪が伸びて、後ろでひとつにしばるようになった。元がかわいいから、それもよく似合っている。でも、元気がないのは相変わらずだ。私が相談に乗ってあげられればなぁ。でも、無理に聞き出すのはやっぱりよくない。

図書室に来る子が増えたから、ふだん貸出カウンターは忙しい。でもその日の放課後は不思議と静かだった。こういう日はどういうわけか、たまにある。

「お母さんが言ってたけど、不思議とお客さんが途切れるタイミングとか、逆にすっごく混むときとか、あるんだって。特に何って理由があるわけじゃなくても」

ひかりがそう言った。

ひかりのお母さんは、ありさのお母さんがやってるカフェで働いているらしい。片腕だから重いものは運べないし、できない仕事もあるけれど、ありさのお母さんはそれでかまわないらしい。やっぱりひかりのお母さんだし、いるだけでお客さんが来たくなるような、すてきな人なんだと思う。

「そういえば、ひかりのお母さんってどんな人？」

気になって聞いてみると、ひかりはちょっと困ったみたいに笑った。

「うーん……なんか、よくわかんないかも」

「そうなの？」

「うん、なんていうかな……昔はすごくこわかった。すぐに怒ったり泣いたりする人だったの。お父さんともずっと仲が悪くてね――」

そうだったんだ。ひかりの家族だからきっと優しくていい人なんだろうなと思ったのに、意外だ。そういえばひかりの親って離婚したんだっけ。だったら仲が悪かったというのは本当のことなのかもしれない。

ひかりは何かじっと考えていたけれど、「お父さん、今家にいるの」とぽつりと言った。

「そうなの？」

「うん。実はお母さんと再婚したの。わたし、名字は変わってないから、みんなには言ってなかったんだけど」

「そうなんだ！　じゃあ、よかったじゃん」

再婚したってことは、きっと仲よくなったってことだよね？　でも、ひかりは全然うれしそうじゃない顔で、

「なんでかな……昔はけんかばっかりしてたのに。お父さん、家に帰ってこなくなって、遠くで勝手に別の女の人と暮らし始めて――」

そうか。そうだった。ひかりが前言ってたじゃないか。お父さんが新しい家族と歩いている

のを見たって。その「新しい家族」はどうなったんだろう？

「いっぱい揉め事があって、お母さん、ボロボロになって離婚したはずだったの」

みたいな話はもう、ありさちゃんは知ってるはずだから話すんだけどね、と前置きして、一気にひかりの口から言葉がもれてくる。

「離婚した後も、お父さんが養育費払わないってよく電話でどなり合ってた。お父さんもひどかったよ。子供が産まれたから金がいるんだって、お前らに恵んでやる金はないって、電話で。でも戻ってきたの。再婚したの。なんでかわかる？　お父さんの新しい奥さんと子供、死んじゃったんだって。ひかり、お父さんが間違ってたよ。ごめんねって言いながら、ニコニコしながら家に来たんだよ。信じられる？　あんなこと言ってたのに、奥さんと子供が死んじゃったばかりなのに、ふつう戻ってくる？　お母さんも変なの。あんなに怒ってばかりいたのに急にどんどん優しくなって、ずっとニコニコしてて、お父さんが戻ってきたときもすごくうれしそうだったの。前だったら絶対どなってたのに。おかしいの。ありさちゃんが――」

わ、とひかりが声をあげて、固まった。

私もひかりと同じ方向を見て、同じように固まった。

それはほんの一瞬の出来事だったはずなのに、まるでスローモーションみたいにゆっくりゆっくり見えた。目の前にある大きな窓の外を、逆さまになった女の子が落ちていった。私たちと同じ制服を着ていた。

その子は私たちの方を見ていた。きっと私たちを見ていたんだと、そのときは思った。目が合った。その子があの転校生だということに、私は気づいた。

ズン、ともドン、とも言えない音がして、遠くから悲鳴があがるのを、私は悪い夢を見ているような気持ちで聞いていた。


転校生が飛び降り自殺をしたから、学校は臨時休校になった。翌々日には再開されたけれど、ひかりは休んでいるという。会えるかもと期待していたのに残念だ。

めったに欠席なんかしないひかりが休んでいるということは、自殺の瞬間を見てしまったことがよっぽどショックだったんだろう。私はそう考えた。ひかりはすごく優しい子なんだから、あんな光景を見たらショックを受けるに決まっている。

その日はたまたま図書当番だった。たったひとりで当番の仕事をしながら、私はためいきを何度もついた。

ひかりがいないとつまらない。

あのときいっしょにいたのは私だけだったんだから、せめて私がどうにかすべきだった。ひかりの目をふさぐとか、何かできたことはあったはずだ。落ちてくる転校生はあんなにゆっくりに見えたのに、どうして私は体が動かなかったんだろう。

私のことを知っている子は、カウンターに来ると全員「今日、森宮さんは?」とか「ひかりちゃんは?」と聞いていく。女子も男子も、司書の先生ですら「今日森宮さんは来ないの?」と残念そうに言っていたくらい。

「えーっ、森宮さんいないんだ」

「うそ、ひかりいないの?」

「そっか、休んでるんだ。あんなことがあればショックだよね」

「かわいそう」

迷惑だよね、と誰かが言った。たぶん、それは転校生に対する言葉だったんだと思う。死んでまで迷惑かけてくれるな、という意味だったと思うのだけど、私はそれが自分に向けられた言葉のような気がして仕方がなかった。

迷惑、迷惑か。

何の役にも立たないくせに、ただちょっとひかりのそばにいただけで舞い上がっていた。私は迷惑だったのかもしれない。


次の日もひかりは学校にこなかった。家に帰るのをいやがってたはずなのに、学校にこないなんて、きっとよっぽどのことに違いない。心配だ。

ひかりはスマホを持っていなかった。家の電話番号や住所も知らない。担任に聞いてもたぶん教えてもらえないだろう。私には——私たちには待っていることしかできない。

ありさはひかりの家の前まで行ったらしいけど、ひかりが他人に会いたくないと言うらしい。ありさにも会いたくないなんて、よっぽどショックだったんだ。

やっぱり私が、何かしてあげていればよかった。

ひかりが学校に来なくなってから、私は後悔ばかりしている。

何もできなかった自分のことが、だんだんいやになってくる。


「瑞希、元気ないんじゃない？　大丈夫？」

家で考え事をしていたとき、お母さんにそう聞かれた。

「なんでもない……」

「そう？　なんだか思いつめた顔してるから」

「その……」

実は友だちが学校に来てなくて、と言いかけて、私はふと口をつぐむ。ひかりの名前を出して、お母さんが学校に問い合わせたりして、担任が家庭訪問するとかってなったら――いやだな、と思う。ひかりをもっといやな気分にさせてしまうと思う。だって、一番仲がいいはずのありさだって、まだひかりに会えていないんだから。


「ごめん、あたしもまだ会えてなくて」

翌日、休み時間にありさをつかまえて尋ねると、案の定そう言われてしまった。

「まだだれにも会いたくないって……無理に行ったらひかりがいやな思いするだろうし」

ありさはさびしそうな、不安そうな顔をしていた。

「そっか……」

「なにかいいこと起きないかな」

ありさちゃんがぽつりと言った。「ひかりになにかいいことがあったら、元気が出るかもしれないよね」

「いいこと」

いいことってなんだろう。

まず、本を持っていってあげようかな、と考えた。ひかりに会えなくても、ひかりのお母さんに渡してもらえばいい。

でも……と、図書室の棚の前に立つと、急に迷いが出てしまう。ひかりが好きなのはこわい話なのだ。ちょうど好きそうな新刊が入ったところだけど、でも、今のひかりは目の前でひとが死んでショックを受けてるはず。さらっと読んだけど、この本の中でもひとが何人も死ぬ。幽霊の本だから当然だ。飛び降り自殺をしたひとが幽霊になって、何度も屋上から飛び降りるなんて話も出てくる。

やっぱりだめだ。今のひかりには渡せない。

本を棚にもどすと、ゴト、という音がする。それがスイッチだったみたいに、私の気持ちがぐん、と暗く重たくなった。

やっぱり私には何もできない。

そういえば私、ひかりとの約束も守れなかったんだった。頼まれたときはあんなにうれしかったのに、結局なにもしてあげられなかった。絶交されなかったことにほっとしてたけど、ひかりを悲しませていたのは私かもしれない。転校生でも、家族でもなくて、私だったら。どうしよう。

すごく辛い。

ひかりに会えないのも、なんにもしてあげられないのも、全部辛い。


週が明けて、次の日もひかりは来なかった。

その次の日も、その次の日も来なかった。

その次の日、私は部活をさぼって、制服のまま出かけた。


学校の裏手に高台の公園があって、景色はきれいだけど、あまりに坂がきついのでほとんど人がいない。それを知っていて、たったひとりでやってきてしまった。

高いところから見る夕暮れの空はきれいだった。風が冷たい。いつの間にか秋が終わりかけている。

私のカバンの中には、途中にあるホームセンターで買った梱包《こんぽう》用の丈夫な紐《ひも》が入っている。昔おてんばだったおかげで、今でも木登りはけっこう得意だ。適当な枝にのぼって紐を括りつけ、そこから飛び降りたら首ぐらい吊《つ》れるだろう。たぶん。

学校も家も、転校生のことがあったのでピリピリしている。その点この公園ならめったに人がこない。誰かに見つかって、自殺を途中で止められるなんてことはないと思う。それに街からちょっと離れているのもいい。ひかりに見られずに死ぬことができる。

私が死んだら、ひかりはまたいやな気持ちになるかもしれない。でも、死んでしまえばこれ以上迷惑をかけることはないし、ひかりは優しいから、きっといつか許してくれると思う。

ひかりには悪いと思うけれど、今がすごく辛いのだ。ひかりにも会えなくて、おまけになんの役にも立てない、迷惑なままで生きているのが、どうしようもなく辛い。

私は遊歩道をそれて、木立の中に入ろうとした。

「ちょっと！」

そのとき、だれかが私に声をかけた。

「あのー、キミ！　ごめんね！　ちょっといい⁉」

そう言いながら近づいてきた男のひとは、絶対に私の知らないひとだった。私の親よりも若そうなのに白髪頭だし、白杖《はくじょう》を持って両目を閉じている。こんなに特徴のあるひとに会っていれば、さすがに覚えているはずだ。

びっくりしたので、死のうとしていた気持ちが、ちょっとの間頭から飛んでいってしまった。

「えーと、私ですか？」

「そうそう。ちょっとすみません」

白杖を持ってるし、両目をがっつり閉じているしで、全然目が見えないはずのその男のひとは、でもちゃんと見えているみたいにこっちにどんどん近づいてくる。変質者かな。いやだな……たった今まで死のうとしていたのに、こういうときはこわがってしまうし、身構えてしまうのが不思議だ。

「ちょっと鍵を落としちゃってね。この辺りにあると思うんだけど、捜すの手伝ってもらえませんか？　このくらいの、カードキーなんだけど」

ニコニコしながらそう言われて、身構えていた体から力が抜けた。そうか、目が見えないから自分では見つけられないんだ。なんとなくだけど悪いひとではなさそうだし、最悪、走って逃げたら振り切れると思う。目が見えないのがお芝居だったら詰むけど……でも、どうせ死ぬつもりだったんだしどうなってもいいか。それより早くここから帰ってもらわないと困る。

「いいですよ」

「悪いねー。たぶんここからあの辺だと思うんだけど」

男のひとに言われたあたりを捜すと、カードキーはすぐに見つかった。

「これですか？」

手に持って差し出すと、男のひとの指先は、二回ほど空を切ってからそれにさわった。

「ああ、これこれ！　ありがとう」

カードキーの端をつまんで受け取る。ああよかった、と他人事だけど私もほっとする。そのときそのひとが突然、

「動くな」

と言った。

そう言っただけなのに、急に体が動かなくなった。なんていうか、私自身が動けないという

よりは、持っていた荷物が急に重くなって身動きがとれない、みたいな感じがする。

男のひとはのんびりとカードキーをコートのポケットにしまって、空になった右手をこちらに伸ばしてくる。

「あの」

「動くな、はい動かない、そのままそのまま、動かないで、そのまま、動くな」

なんとかしぼり出した私の声にかぶせるように、その人はぶつぶつと繰り返す。指の長い大きな手が私の左肩にふれる。静電気のような、ぱちん！　という痛みが一瞬走った。そのひとはポンポンと私の肩をはらった。それからゴミでも取るみたいに何かをつまみあげて、その辺にポイッと捨てる。何度も、何度もそれを繰り返す。

いつの間にか私は、その男のひとのことがこわくなっていた。ただ珍しいものでも見るみたいに、そのひとが私の肩から何かを取っては捨てるのを眺めていた。

「はい、よし」

そう言われて最後にポンッと肩を叩かれた。

どういうわけか、ここ何日か沈んでいたのがうそみたいに、すっきりした気分になっていた。

「あの、ありがとうございました」

なぜかお礼を言ってしまった。自分でも変だなと思ったけれど、男のひとはそれがふつうのことみたいに「どういたしまして」とあっさり答えた。

「あの……今何してくれたんですか？」

もうちょっとマシな聞き方があったような気がする……でも敬語とかとっさに出てこないし、男のひともそんなことは気にしてないみたいで、

「簡単に言うと、よくないものがついていたので取ったんです」

と教えてくれた。ものすごく簡単だった。

「よくないものに影響を受けていると、それにつられて別のよくないものも寄ってくるんですよ。ゴミにハエがたかってくるみたいな感じでね……まだゴミ自体の撤去が終わってないから、これは応急処置だけどね。ところでお嬢さん、学生さん？　ずいぶん若い子みたいなんで」

制服姿だからすぐにわかりそうなものだけど——と思ってから、そうか、このひとと私の制服が見えないんだと気づいた。

「あっ、はい。中学生です」

「じゃあ、もしかして藤見《ふじみ》が丘《おか》中の生徒さん？」

男のひとはコートのポケットを探って、一枚の写真を取り出した。

「もしかしてこの子たち、キミの友だちだったりしない？」

写真に写っていたのは、どちらも知っている顔だった。ありさとひかり——椿さんと森宮さんだ。

しばらくして男のひとと別れると、私は公園の遊歩道を街の方に向かって歩き出した。

その頃にはもう、どうして死のうとまで思いつめていたのか、全然わからなくなっていた。

幕間

「わたし、ひかりっていうの」

子どもにそう教えてもらうと、[redacted]はまたすこしだけ、自分のかたちがはっきりしたような気がする。

ひかりは泣いているときもいないときも、押入れのなかに入ってくるようになる。ふだん、押入れのなかのくらがりに溶けたようになっている[redacted]は、ひかりがくると少しだけはっきりとした存在になって、となりにぴったりとよりそう。

こうしていると、もっともっとかたちがはっきりしてくるような気がする。[redacted]には、それがうれしい。

「お母さん、またお父さんとけんかしてた」

「お父さん、べつの女の人とつきあってるんだって。もう家に帰ってこないって」

ひかりは[redacted]に話しかける。[redacted]は返事ができないから、それをだまって聞いている。聞いているということが、ひかりにはなんとなくわかるらしい。

「お母さん、前はときどきやさしかったんだよ。お父さんも前はときどきやさしかったの」

ひかりはときどき、話しながらひとりで泣き始めてしまう。[redacted]にはただ、となりにいることしかできない。

「――ひとりでいろいろ話してごめんね。話しやすいように名前つけてもいい？」

形も声もなんにもないから、ナイナイ。

「ナイナイでいい？」

そう言われたとき、今までで一番、自分がくっきりとかたちになったような気がする。

[redacted]は――ナイナイはそのとき初めて、この子と話したい、と思う。

それでいいよ、と一言つたえることができたら、どんなにいいだろう。

「あのねナイナイ。わたし、ひっこしするの。お母さんとふたりで」

ひかりがそう言う。

「ナイナイがもしついてこられるんだったら、わたしについてきてくれる？」

いいよ、と答えたいけれど、ナイナイはやっぱり、となりにぴったりよりそうことしかできない。本当についていけるかわからなかったけれど、だれかがナイナイを運んでくれて、気がついたらまたくらい場所にいた。

押入れだ。ここはべつの家の押入れなんだ。

ふすまが開いて、ひかりの声がする。

「ナイナイ?」

するりと入り込んできた細い体に、ナイナイはぴったりとよりそう。

「よかった! ナイナイがついてきてくれてよかった」

ひかりはナイナイの名前を何度も呼びながら、ぽろぽろ泣く。


ナイナイはだんだんはっきりしてくる。ひかりが「ナイナイ」と呼ぶたびに、声をかけてくるたびに、少しずつ、少しずつ実体らしきものを持ち始めている。

でも、まだできることは少ない。

一度ひどく傷ついたらしいナイナイの「体」は、もう一度はっきりとしたかたちをとることができなくなっている。

ナイナイは考える。ひかりがいなくても、もう「考えることができる」。

だれかの頭のなかに入れたらいいなと思う。ひかりと話せるような人間がいい。

入る方法を、ナイナイはうまれたときから知っている。頭の中に手を入れて、そのひとを「さわる」のだ。さわってできた隙間に手を入れたら、考え方や感じ方を変えることができる。頭の中身を「食べる」こともできる。たくさん食べたらそのひとの頭の中に入って、自分のもののように体を使うことができる。

でも、だれかの頭のなかに入るのはむずかしい。

この押入れを開けるのは、ひかりとお母さんだけだ。お母さんはふすまを開けて用事をすませると、すぐにふすまを元通り閉めてしまう。短時間だし、外の光が入って明るくなるから、ナイナイは力を出すことができない。もっとかたちがはっきりすれば、お母さんの頭に入れるかもしれないけれど、なかなかむずかしそうだ。

せめてふすまを閉めてくらくしてくれたらな、と思う。でも、そんなことをしてくれるのはひかりだけだ。ひかりの頭の中を食べてしまったら、ひかりはいなくなってしまう。

そんなことはできない。

ナイナイはだまってひかりに寄りそう。だんだんかたちをもって、あたたかみすら感じられるようになっている。ひかりがいないときは、くらがりの中でじっと待っている。

ひかりが押入れに入ってくるのを。

もしくはひかり以外のだれかが押入れに入ってふすまを閉じるのを、じっと待っている。

志朗貞明

志朗貞明が最後に自分の目で見たのは、森宮歌枝の姿だった。本当は激突したガードレールの側面やアスファルトの路面だったかもしれないが、少なくとも本人はそう思っている。

当時高校生だった志朗は、高校までの距離を原付で片道およそ三十分ほどかけて通っていた。森宮家はその途中にあり、特に歌枝は美人で評判だったからいやでも目に入る。門の外に出てポストを開けている姿を、キレイな人じゃなぁと思いながらいつものように通り過ぎたところ、横合いから突然トラックが突っ込んできた。

次に気がついたときには、辺りが真っ暗になっていた。何かで両目を覆われているようだ。

「暗いな」と呟くと、近くでわっと声が上がった。両親と兄姉の声だった。

医師の話によると、外傷のため両目は摘出、つまり志朗の視力は完全に失われており、今後回復する見込みはないという。幸いほかに重篤な怪我はない、命に別状がなくてよかったと言われても慰めにはならない。それどころかまず、気持ちがまったくついていかない。いや急に言われても理解不能なんですけど、と言って志朗は医師と家族の前でけらけらと笑った。

実感はそれから数時間かけて、ゆっくりとやってきた。面会時間が終わり、病室にひとりきりになってから、志朗は何度も自問自答した。

（これ、この先どうするん？　自分）

答えはすぐには出ない。気持ちがどん底まで沈んで、何もかもがひどく億劫だった。

（目が見えなくなったからって人生終わったわけじゃない）と、心の中で自分に言い聞かせてみる。実際、全盲でも自力で生活している人はいるだろう。だから何もかも詰んだわけではない。と心の中で主張してはみても、全然気持ちがついていかないのだ。なにせほんの昨日までは視力に多くを頼って生きていたのだから。

ベッドに寝たまま「えらいことになったな」とぼやいた声も、なんだか自分のものではないように聞こえた。

時間もわからなかった。そのときは廊下から足音と、「消灯ですよ」という女性の声が聞こえたから、夜も遅いのだろうと見当をつけた。コンコン、とノックのような音がした。何も返さずにいると、今度はガラガラという横開きの扉を動かすような音が聞こえ、しばらくしてまたガラガラ、パスンと続いた。看護師が病室を見回りにきて、入口の引き戸を開け閉めしたのだろう、と思った。

志朗は人間が好きだ。家族や友人はもちろん、知らない人も基本的には嫌いではない。他人に話しかけられたら嬉しいし、むしろ機会があれば話しかけにいく方だ。それでも今は、人と話すのがしんどい。考えることがたくさんあるはずなのに、何ひとつ手につかなくて、なんだか頭の中が忙しいなという感覚があって、それで他人とのコミュニケーションがしんどくなってしまう。

(これからあと何年人生あるんだっけ。平均寿命って八十超えてたっけ?)

その人生をなんとかやっていかなければならない。その手立てだってきっとあるはずだ。でも今は何もしたくない。そのうち投与された薬のせいか、猛烈な眠気が押し寄せてきた。


昔から夢はカラーで見る。そのときも志朗はフルカラーの夢を見ていた。

夢の中で志朗は、ポストの中を検《あらた》める森宮歌枝のすらりとした姿を横目で見ながら、原付でその横を通り過ぎた。そのまま何事もなく登校し、下駄箱に手を入れようとして、それが自分の場所ではないことに気づいた。どこを探しても自分の下駄箱が見つからず、いつの間にか昇降口がとてつもなく広くなっている。列をなす下駄箱のどこを見ても自分の場所は見つからなかった。

目が覚めた。じっとりと汗をかいた背中が冷たかった。

誰かが志朗を見下ろしていた。色の薄い影のような人形《ひとがた》が、ベッドのわきに立って顔を覗《のぞ》き込んでいる。顔も服装ものっぺりとしてわからないが、子供のように小さい——

と考えて、志朗は自分の視力が失われていることを、ようやく思い出した。

だが、確かにその影のようなシルエットは、真っ暗な視界の中でなお「見えている」。見えるとしか言いようがないものだった。

それは志朗を見ながら嗤《わら》っていた。顔もわからないのに、なぜか嗤っているということがわかった。何もしゃべらないのに、悪意がこぼれだすような笑みだった。志朗は目を閉じようとし、そしてそれらがすでに閉じられていることに気づいた。

（見たくない）

そう思った瞬間、心の中を読んだかのように、歪《いびつ》な笑みを浮かべたものが、ぐいと顔を近づけてきた。意識が途切れた。

次に目を覚ましたときには、「それ」はいなくなっていた。

廊下には人の気配が満ち、「おはようございます」と挨拶を交わす声が聞こえた。志朗は夜が明けたのだと知った。

頭の芯《しん》がひどく痛んだ。

目が覚めてしばらく経った後も、頭痛は治まっていなかった。事故の後遺症か薬の副作用かわからない。看護師にその旨を伝え、志朗はまたぼんやりと過ごした。相変わらずベッドの上で横になっていることしかできない。

テレビもラジオも、今は聞こうという気になれなかった。目が見えなくなってから、周囲の何気ない物音がやけに大きく感じられる。ベッドの上で、志朗はなるべくそれらを聞き分けようと耳を澄ませた。

森宮詠一郎が見舞いにやってきたのは、その日の午前中のことだった。年齢はおそらく五十代、背が高くて痩せた、どこか仙人めいた人物だったはずだが、もちろん志朗にはその姿が見えない。記憶にあるだけだ。

付き添いの母親は、別室で医師と話をしている。病室にいるのはふたりだけだった。

「貞明くん、えらいことになったな。うちの目の前での事故じゃったけぇ、俺も驚いたわ。娘も心配しよる」

娘と言われて、志朗は森宮歌枝の姿を思い出した。森宮詠一郎は彼女の父で、ふたりきりで広い平屋建ての家に暮らしている。彼女に心配されていると聞いて、志朗は少しだけ心が和んだ。

「ほいでキミ、俺がなんで急に来たかわかるか」

詠一郎の声は、さほど広くもない個室にやけに響いた。

志朗は森宮詠一郎のことをかねてから知っている。家が近いということもあるが、それ以上に彼が「よみご」だからだ。

それをどの程度信じているかいないかに個人差はあれど、この町の住人であれば、子供から老人までよみごのことは知っている。盲目の拝み屋。何も書かれていない巻物を広げて凶事を占い、遠ざける人々である。

志朗は詠一郎の問いかけにぎょっとした。昨夜のことを思い出したからだ。あの子供のような、色の薄い影のような「何か」――志朗はすでにあれを夢だと思い始めていた。眼球を失った自分には、もう何も見えないはずだ。

だが、志朗がまだ何も答えないうちから、詠一郎は「見たじゃろ」と畳みかけた。

「自分で言うのも何じゃが、俺の『よみ』は当たるけぇ――いや、キミの事故はただのと言ったら何だが、でもただの事故じゃろうね。だが、この部屋にはまだ『きょう』の気配がある。キミにもまだくっついとる。そもそも病院にはよくきょうが湧くもんじゃ。ええか貞明くん。キミはよみごになる」

詠一郎は断言した。迷いのない口調だった。

「というか、ならないと近いうちに死ぬか、正気じゃいられんようになるよ。何の訓練も受けていないはずなのに、キミにはすでにきょうが『見えて』いる。おそらく元々素質があったんじゃね。嬉しくはなかろうがね。ああいうもんを引き寄せる人間ってのは色々タイプがあるもんじゃが、そのひとつに『あれが認識できて、かつ何の対処もできない人間』ってのがある。つまり、キミじゃ」

何かごそごそと音がして、詠一郎が「そうか、病院か。タバコはご法度じゃ」と言った。

「脅しているようで悪いね。でも俺は言わにゃならん。よみごになって、きょうを自分で追っ払えるようにならんと、キミは早々に死ぬよ。すでにちとくっ﹅つ﹅い﹅と﹅るしな」

しばらく何と答えたらいいのかわからなかった。突然そんなことを言われても、困る。しばらく困惑したのち、志朗はようやく、

「追っ払うって、どうするんですか」

と詠一郎に尋ねることができた。

「人によって違うが、俺はこうやるんじゃ。動くな」

詠一郎が「動くな」と言った途端、体がズンと重くなった。なんというか、背負っていた荷物が突然重みを増したような感じだ。だがもちろん、ベッドに寝かされている志朗が、荷物など持っているはずがない。

「動くな。そのまま」

もう一度、詠一郎の声が響いた。肩に手が触れる。その瞬間、ピリッという痛みが走った。もう一度詠一郎の指が触れる。もう一度。

気がつくと、朝から悩まされていた頭痛が嘘のようにひいていた。体もさっきより格段に軽くなっている。

「な。何かが取れた感じするじゃろが。きょうがくっつけてったもんが取れたんじゃ」

詠一郎の声はどこか嬉しそうだった。

「ご両親にも話しとくけぇ、退院したらうちへおいで。ほいじゃ、俺はこれから仕事」

詠一郎は有無を言わさず言い切った。

ガタン、と椅子から立ち上がる音がした。志朗は「仕事ってよみごのですか？」と聞いた。

「おうよ。さっきも言ったとおり、こういう大きな病院はきょうが出やすいけぇ。お得意様じゃ」

飄々《ひょうひょう》と答えると、詠一郎は病室を出て行った。ドアの開閉音がして、足音が遠くなった。

その夜、志朗があの影のようなものを「見る」ことはなかった。

それから森宮詠一郎は、毎日のように志朗の病室を訪れた。

世間話をして短時間で帰っていくこともあれば、何やらじっと黙った後で「動くな」と言うこともある。「動くな」の時は必ず体が重くなり、その後詠一郎の指が触れると軽くなる。

「何回取ってもまた新しいのがくっつくなぁ。前も言ったけど、こういう病院なんかはきょうが出やすいけぇ」

「これ、取らなかったらどうなります？」

興味本位で尋ねてみると、詠一郎はなぜか嬉しそうに「おっ」と言った。

「ほいじゃ、試してみるか？　今はそこまで危険なやつはおらんけぇ、実験にゃちょうどええ」

そう言って、何もせずに詠一郎が帰ったその晩、寝ていた志朗の頭を、黒くて冷たい手がぺたぺたと叩いた。翌朝はまた頭痛に悩まされ、志朗は（軽い気持ちで実験なんかやるもんじゃないな）と思いながら詠一郎が来るのを待った。正午前にやってきた詠一郎は、「思っとった以上によくくっついとるなぁ」と明るい口調で言って笑った。

入院している間に、物事は着々と、流れるように進んでいた。

「よみごになるしかない」ということは、すでに志朗にもわかっている。入院初日に見たあの影のようなもののことや、その後の実験を経て、最早そうするしかないということが諦めと共に確信へと変わっていく。

元々これといってなりたいものがあるわけではなかった。同じ年の友人達もそうだったし、進路というものはそのうち何となく決まるものなのだろうと楽観視していた。まさかこんな形で将来の選択肢が一気にそぎ落とされて、一本の道しか歩めなくなるとは思ってもみなかった。

母親は相変わらず毎日病室を訪れていたし、父親や兄姉も顔を出していた。元々決して仲の悪い家族ではなかったが、「よみごになる」ということが決まった途端に、志朗は彼らとの間に距離を感じ始めた。それはこれまでのように彼らの表情を視認できなくなったせいかもしれないし、事故のショックについていけなかったからかもしれない。だが、

「あんたがあの、よみごさんになるなんて嘘みたいね」

母親が溜息と共に漏らした言葉が、何より大きいような気がした。

「よみごさん」は特別なものなのだ。普通の人々から少し外れたところにいる、特殊な存在なのだ。事実、これまでは自分も、よみごのことをそんな風に思っていた。いわゆる「住んでいる世界が違う人」なのだと。

その「違う世界」に、すでに自分は足を踏み入れている。そのことに改めて思い至ると、事故に遭った日がもう遠い昔のように感じられた。

退院後の志朗は、当たり前のように森宮家に下宿することになった。

家族とは何となく隔たりができたままだ。よみごになるということが決まった途端、友人とも疎遠になり、当時付き合っていた彼女とも別れる運びになってしまった。辛い反面、諦めてもいた。

それに、落ち込んでいる場合ではなかった。住環境だけでなく、学校も盲学校に編入し、新しい生活になじまなければならない。家の中を歩くだけでも一苦労だし、点字も覚えなければならない。

なにより、きょうを追い払うことを覚えなければならない。死活問題だった。


「貞明くんに教えることなぁ、実はあんまりないんじゃや」

早々に修行を始めなければならないと聞いていたのに、いざとなると詠一郎はいきなりそう言い放った。

「もうキミ、きょうが見えるもんな。というわけで実地をするしかない」

「とんでもなくないですか、それ？」

「まぁ～、大丈夫大丈夫」

よみごには特別な呪文も作法もなかった。ただ道具が——白紙の巻物があるだけである。これも普通に表具屋に注文するだけで、あとは使いながらなじませるしかないという。

「そういうわけで、貞明くんにこれ渡しておくわ。使い」

と言って渡された筒状のものは、案外重かった。

「結構金糸とか使ってるけぇ、キラキラしとるな」

「見えないですけど」

「俺も見えん。ほいでも高そうな見た目の方が、客に対して説得力が出るけぇね。必要経費じゃ」

キミのご両親がお金出してくださったんじゃと言われて、志朗はふいに何も言えなくなった。その巻物は未だに使っている。


「きょうっていうのは、大抵はその辺ゴロゴロしているよくないものが固まっただけのもんじゃけぇ。基本的には動物を追っ払うみたいなもんよ」

詠一郎の説明には、拝み屋らしからぬ気軽さが漂っていた。志朗には把握しやすかった。

「威圧して、動けなくなったのをポイッと捨てたら、大抵のきょうは霧消してしまう。ただ面倒なのもおるけぇ、一概には言えんが」

詠一郎は祝詞《のりと》や念仏のようなものは唱えない。ただ「動くな」という。たったそれだけの言葉が、しかし絶大な効果を持っているのだということを、志朗は身に染みて知っていた。

「面倒なのって、どういうのですか」

「誰かを攻撃するために、人間がわざわざ作ったやつじゃ。強いんじゃなぁ、これが。たとえばキミが病院で最初の晩に見たやつとか」

「うお、マジすか……もうエンカウントしてたんか」

「ははは。あれもあの後俺が戻していたけぇ」

幸いにもあれ以降「面倒なの」には遭わず、しかし怒濤《どとう》のように日々が過ぎていった。

ひとつ屋根の下にあの森宮歌枝が暮らしているにも拘わらず、色気のあるイベントが一切ない——ということに志朗が気づいたときには、下宿してからおよそ半年が過ぎていた。


視覚から得られる情報が（きょう以外には）なくなってしまったためか、映像による記憶がどんどん薄れていった。両親の顔立ちさえ曖昧《あいまい》になってきたことに気づいたときには愕然《がくぜん》としたが、そんな中でもなぜか、最後に見た森宮歌枝の姿は、志朗の脳裏にくっきりと焼き付いていた。

その理由について、志朗は深く考えるのをやめていた。森宮歌枝の姿だけが鮮明なのは、新しい情報が入ってこなくなった頭の中のモニターが、最後に映したものを映しっぱなしにしているだけなのだ。そう思うことにした。

当時、森宮歌枝にはすでに婚約者がいた。遠からず結婚することが決まっていたし、その男が森宮家を訪れたこともある。彼のことはなんとなく苦手だったが、歌枝は幸せそうだった。

「色っぽいイベント」など邪魔なだけだ。

その婚約者が運転する車に乗っていた歌枝が事故に遭い、左腕を切断したのは、志朗貞明が森宮家に住み始めて約一年が経った頃だった。

連絡を受け、詠一郎は大急ぎで歌枝が収容された病院へと向かった。

志朗は留守宅に残ったが気が気ではない。当時はまだ「歌枝が事故に遭って病院に運び込まれた」という情報しか得ておらず、容体がわかっていなかったのだ。詠一郎から電話が入ったのはその日の夜だった。

『えらいことになったなぁ、貞明くん』

受話器から溜息まじりの声が流れてきた。

『左腕はほとんど付け根の方から切断したそうじゃ。ほいでも意識ははっきりしとるし一応話もできる。ただ本人が錯乱しとるで、またゆっくり話さんとならん』

志朗はなんと返したらいいかわからず、結局しぼり出すように「そうですか」と言っただけだった。ひとりになった家はやけに広く、電話を切るとぞっとするほど静かだった。

入院中、志朗が歌枝の病室を訪れることはなかった。会いたいのは山々だったが、彼女は志朗はおろか、詠一郎にも会いたくないという。

服の交換などは看護師を介して行うことになった。森宮家には親戚筋の関屋《せきや》という中年の男が出入りするようになり、歌枝のいない間、手の回らない雑事を片付けてくれた。

ある夜、詠一郎が「入院ちゅうのも大変じゃな」とぼやいた。珍しく歌枝と話せたという日のことだった。ひさしぶりに一人娘と会話ができたというのに、彼はひどく沈んでいた。

「洗濯物は出るし、先生から色々話も聞かにゃいかん。バス停も遠いし……」

「でも、婚約者の人がいるんですよね？　工藤《くどう》さんでしたっけ」

その人は何をしてるんです？　と志朗が聞きかけたところに、被《かぶ》せるように詠一郎は、
と言った。

「それがなぁ、俺がえらいことと思っとるのは、そこなんじゃなぁ」

詠一郎の声は、普段より嗄《か》れてがさがさしていた。

「破談になるかもしれん。婚約破棄じゃな」

「は？」

食事中だったので、志朗は箸《はし》を落としそうになった。「このタイミングでですか？　それじゃったら……」

思わず言いそうになって飲み込んだ言葉を、詠一郎が代わりに口に出した。「五体満足でない女と結婚はできんいうことじゃろうな」

怒りが限度を超えると言葉が出ないということを、志朗は初めて知った。

詠一郎の声は淡々として、哀しみと諦めを含んでいた。

「俺もそれを聞いたときは、場所もわきまえんとでかい声が出たわな。けどなぁ貞明くん、いっぺんああいう話になったら取り返しがつかんわ。結婚したとしてもロクなことにならん」

「いやでも、なんかその……」

「納得いかんのはわかるけどな」

器を食卓に置く音がゴツンと響いた。

「でもそっちの方がええ。後になったらわかる」

詠一郎にそう言われると、志朗に反論するすべはなかった。


やがて退院した歌枝は、再び森宮家に戻った。玄関の引き戸が開いて彼女が家に入ってきた瞬間、志朗はなにか冷たい空気が押し寄せてくるように感じて、思わず半歩後ずさった。

よみごの修行を始めてから、志朗は人の発する空気のようなものに敏感になった。霊感ではなく、声色や動きなどから直感的に判断する、いわゆる「勘」である。事故に遭う以前の歌枝が発していた空気とは、明らかに違った。黒くて冷たいものが渦巻いているような感じがした。

（きょうが寄ってくるやつじゃ）

歌枝が「ただいま」と言うのを聞いて、志朗はとっさにそう思った。すれ違おうとしたとき、彼女の足音がぴたりと彼の横で止まった。

「貞明くん、お父さんに聞いた？　昌行くん、わたしと別れるんだって。わたしを支えていく自信がないんだって。入院費とか慰謝料とか払うから、どうしても別れてほしいってさ。どう思う？　困るかぁ。聞かれても」

耳の近くで、歌枝の「ふふふ」と笑う声が響いた。

「わたし絶対別れない。絶対責任とらせるから。わたしの人生を背負ってもらう」

背筋が冷たくなった。

志朗が黙っている間に、歌枝は廊下を遠ざかっていった。


数日して、歌枝は詠一郎にすら何も言わずに家を出た。その後は歌枝とも、工藤とも連絡がとれなくなった。知人を頼ってようやく居場所を突き止めた後も、歌枝は頑として森宮家からの連絡を受けつけなかった。

歌枝の方から一報があったのは、それからまた一年近くが経ったころである。

「入籍したんじゃと、工藤くんと。ほいで歌枝は、工藤くんの子を妊娠しとるらしい」

めでたい報《しら》せのはずなのに、志朗にそう告げた詠一郎の声は、ひどく沈んでいた。


工藤昌行との入籍と妊娠の一報があった後、歌枝からの音信は絶えていた。

詠一郎もあえて連絡をとろうとはしていないらしかった。一人娘にこのような形で出て行かれた詠一郎の心中は志朗には測りかねたが、やはり詠一郎もよみごだから——普通の人とは異質な世界で生きる者だから、歌枝を引き留めにくかったのだろうと推測し、あえて問いただそうとはしなかった。

歌枝がいなくなってから、詠一郎は体調を崩すことが増えた。年月が過ぎるうちに自然と志朗が客の対応をすることが多くなり、「場数を踏むしかない」という詠一郎の言葉が図らずも実現されたことになる。

およそ十年ぶりに歌枝が森宮家に現れたとき、志朗はすでに一人前のよみごと言ってよかった。

「ただいま戻りましたー」

「おう、おかえり。うわっ、昼間からビール臭いなキミ」

その日、外出から戻った志朗に、詠一郎はそう言った。

「どれだけ飲んだらそうなるんじゃ」

「それが飲んでないんですよ。頭からかけられました」

「ということは、結局今のカノジョとは別れたんかいな。懲りんなぁ……まぁ、あったかい日でよかったんじゃないか」

家の奥に向かって「関屋さん、ちょっとタオル持ってきてくれんか」と声をかけ、詠一郎は呆れたように笑った。

歌枝が突然姿を現したのはこの数時間後、突然雨が降り始めた夜のことだった。

玄関に立った歌枝は、顔を出した詠一郎に向かって開口一番「わたしの腕どこ？」と言った。追って玄関に向かった志朗は、それが間違いなく記憶にある歌枝の声だとすぐに思い出した。それでありながらなお、あまりに突然の帰宅を信じられずにいた。

「歌枝か？」

やはり信じられないという声色の詠一郎に向かって、歌枝は無感動に繰り返した。

「わたしの腕は？　骨壺《こつつぼ》があるでしょ。どこなの？」

「どうしてそんなもんが要る？」

「いいから！」

ぎょっとするような声を張り上げると、歌枝は靴を脱ぎ捨てて家の中に入ってきた。志朗は思わず道を開けた。黒い雷雲が押し迫るような圧迫感が彼女から伝わってきた。ひどく怒っているのだ。

「おい歌枝、お前こんな夜に何じゃ。工藤くんと子供は――」

「いいでしょ別に。で、腕は？」

「腕は――ない」

詠一郎はきっぱりとそう言った。志朗の耳には嘘をついたように聞こえた。彼の気持ちを代弁するように、歌枝が「嘘でしょ」と言った。

「ほんまにないぞ」

「墓に入れたってこと？」

「墓にもない。捨てた」

「嘘。お父さん、そういうことは絶対しない人だもの」

歌枝はじっと黙って、何か考えている様子だった。が「いい。また来るから出しといて」と言って、玄関の方に向かった。靴を履き、外に出て行く。

ようやくそこで、呪縛が解けたように志朗の体が動いた。立ち尽くしている詠一郎の横を通りすぎ、自分の靴をつっかけて外に出た。雨音に紛れて、車のスマートキーを作動させる音が聞こえた。

「歌枝さん！」

勝手のわかった庭先である。志朗は車の方に走り寄ると、歌枝に向かって手を伸ばした。右手が中身のない服の袖をつかんだ。薄手の長袖を着ているようだった。

歌枝が振り向く気配がした。刺すような視線を感じたが、一瞬置いて聞こえたのは「ふふっ」という笑い声だった。

「貞明くん、まだうちにいたんだ。それ、染めたっぽくないけどどうしたの？」

「は？」

「髪の毛。真っ白になってる」

「ああ」志朗は左手で頭を触った。「そんな白くなってましたか。確かに、人によう言われるとは思った」

「ほんとに真っ白だよ。おじいさんみたい」

「色々あったんで」

志朗はそう話すに留《とど》めた。

「わたしも色々あったよ」

思いのほか静かな声が答えた。

「今度またゆっくり話そうか。連絡するから。離してくれる？」

「あ、はい」

思わず言われるままに右手を離すと、歌枝は運転席に乗り込んだ。

「またね、貞明くん」

ドアが閉まった。遠ざかっていく車の音を、志朗はずぶ濡れになりながら聞いていた。

家の中に戻って三和土で靴を脱いでいると、頭にタオルを載せられた。詠一郎だった。

「何か言うたか？　歌枝は」

「あの、また連絡してくるみたいです」

志朗がそう答えると、詠一郎は溜息まじりに「そうか」と呟いた。

「貞明くん。歌枝がまた来ても腕は渡すなよ。絶対に持っていかれるな」

「ちょっと……どういうことですか？　腕って、歌枝さんの左腕ですよね」

彼女の腕は火葬し、骨壺に納めてこの家に保管されているはずだ。なぜ今になってそれが必要になったのか、そのときの志朗にはわからなかった。

「それは――いや、ええわ。そのうちな」

詠一郎はそう言うと、家の奥へと歩き去った。

歌枝から電話がかかってきたのは、翌日の午前中だった。

「すいません、師匠は病院で――」

『よかった。実は貞明くんの方に用事があるの』

「ボクにですか？」

『そう。駅前まで来てくれる？　できれば早めに』

お父さんには言わないで、絶対ひとりで来て。

そう言い残して電話は切れた。

とにかく指定された場所に行こう、と志朗は思った。詠一郎に一報入れるべきかとも思ったが、やめた。

よみごである詠一郎の血筋のせいだろうか、歌枝もまた奇妙な勘の鋭さを発揮することがあった。彼女に嘘をつくのは――そしてそれがばれるのはまずい、という気がする。

（とって食われるわけでもないじゃろ）

短い逡巡《しゅんじゅん》の後、志朗は記憶しているタクシー会社の番号を押した。


「あー、来た来た！　昨日ぶり」

駆け寄ってきた歌枝の足取りは聞く限り軽やかで、声色も嘘のように明るい。昨日とはまるで別人のようだ。志朗は肩透かしを食った気分で、安堵《あんど》半分、警戒半分のまま話しかけた。

「歌枝さん、今この辺に住んでるわけじゃないでしょ。よく毎日来ますね」

「車があったらそう遠くもないからね」

「そうなんですか？」

「こっち」

歌枝はいきなり志朗の白杖を持っていない左手をとると、彼女の右肩に置き、すたすたと歩き始めた。誘導の形である。

「どこ行くんです？」

「いいからちょっと付き合って」

この辺りの地理は把握しているが、どこに行くとも言わずに突然方向転換されると、自分がどこに向かっているのかわからなくなる。ともかくも歩いているのは歩道のようだから、すぐに危険な目には遭わないはずだと志朗は判断した。

歌枝の誘導には、さすがに手慣れた感がある。歩調を合わせて歩きながら、

「わたしねぇ、昌行くんと別れたの」

突然そう言われて、志朗はぎょっとした。「え、マジですか」

「なにしろわたしも色々あったからね」

歌枝もまた「色々」の詳細は話さなかった。

「あの、その、お子さんは？」

「今学校。学童まであるから遅いの。そこ、段差」

「あ、どうも」

歌枝に導かれるまま二十分ほど歩いた。お父さん最近どう？　体弱くなりました。ああそう、大きな病気した？　去年不整脈で入院したのが最近だと大きいですね。そう――さもない会話

が続いた。

「三段、低いけど階段があるから気を付けて」

「どうも。ここ、どこです？」

自動ドアの開閉音と、反響が屋外から室内のものに変わったことを察して、志朗は歌枝に尋ねた。

「ラブホテル」

「は⁉」

「空きあるね。平日の真昼間だもんね」

歌枝は志朗をずんずん引っ張っていく。

「ちょっと歌枝さん、まずいでしょこういうとこは……」

「別にまずくないでしょ。わたしは旦那と別れたんだし。ああ、志朗くんに誰かいる？」

「――いや」

昨日ビールかけられてふられました、とは言いにくい。歌枝は「だったらいいでしょ」と言ってなおも先導していく。エレベーターの作動音が聞こえる。

「いやぁよくはないですよ。どうしたんですか？　急に」

「そうね――悔しいから。昌行くんに浮気されて別れたから、わたしだけなんにもないの悔しいじゃない」

「そういう理屈ですか？」

「そうだけど？　あー、そうか。わたしおばさんになったもんね。イヤか」

「いやいやそうじゃなくて——歌枝さんはキレイでしょ」

「貞明くん、見えてないくせに」

「そういうことはわかるんですよ」

少なくとも志朗の脳裏に今も焼き付いている歌枝の姿は、あの頃のまま美しい。

歌枝の実年齢は確か三十四か五か、その辺りだ。おそらくほっそりとした体形はさほど変わっていない。肌にも張りがある。いや、そんなことを考えている場合ではないのだが。

チン、と音をたてて、エレベーターが到着した。


歌枝の嘘はわかりにくい。昔からそうだった。

他人の声に対する感覚は鋭い方だと思う。それでも個人差はある。志朗にとって、たとえば詠一郎の嘘はわかりやすいが、歌枝の嘘はわかりにくい。

このとき彼女が語ったことが真実なのかどうか、志朗にはとっさにわかりかねた。もし嘘だとはっきりわかっていたら——

それでも、知らないふりをしてついていったかもしれない、と思う。


「——いやちょっと待って、ほんまにえらいことになった……」

志朗がベッドの中で頭を抱えていると、隣で歌枝が笑い声をたてた。古い空調が詰まったような音をたて、剝《む》き出しの肩に温《ぬる》い空気が当たった。

「後悔するわりには、簡単に流されたねぇ」

「流されますよ、流され……あー」

「あはは。貞明くん、わたしのこと好きだったもんねぇ」

「それ知っててやったか……困るなぁ」

「何が？」

「師匠とお子さんに合わす顔がないでしょ」

そう言うと、歌枝はますますおかしそうにげらげら笑った。


「貞明くん、最近歌枝に会うたか？」

「いや会ってないですけど」

詠一郎に対してしれっと口から嘘が出てきたことに、志朗は罪悪感を覚えつつも驚いた。

実のところ、歌枝とはあれからまた三度ほど隠れて会っている。詠一郎に対してはさすがに面目なく、あっさり流されたのが我ながら情けなくもあり、何より歌枝に「黙っていてほしい」と頼まれていたのでその通りにしていた。もしもこのまま関係が続いたら、いずれ詠一郎にも打ち明けるべきときがくるだろう。だがそれは今ではない、と思った。

歌枝は志朗に会うためだけに県境を越えてくるわけではなかった。森宮家を訪れて、自分の左腕を捜しているのだ。菩提《ぼだい》寺にも問い合わせがあったという。

「そうか」

詠一郎はそう言うと、声のトーンを一段落とした。

「貞明くんなぁ、もし歌枝が腕を持ち出そうとしとったら、止めてくれんか」

「はい？」

「おそらく、きょうを作るつもりじゃけぇ」

きょうを作る、と詠一郎が口に出した途端、その場の空気が張りつめた。

きょうを作ること自体は、よみごではない者にも可能だ。自然発生的にできるきょうと違って、人の手で作られたきょうは力が強い。それは明らかに「誰かを害する」ことを目的として、この世に生み出されたものだ。

「こんな家に生まれたけぇ、歌枝もきょうの作り方は知っとる。キミもわかっとるじゃろうけど、自分や親《ちか》しいもんの体を使って作るきょうは厄介じゃ」

「はぁ……でもそうだとして――誰に向けて作るんです？」

「昌行くん、単身赴任中によそに女作ってな。結局そっちから帰ってこないらしい。誰に向けてと言われれば、おそらく昌行くんか、浮気相手じゃろうな」

冷たい沈黙が一瞬、部屋の中に立ちこめた。詠一郎が再び口を開いた。

「腕の骨壺はよそに預けとる。キミにもどこかは言わん。念のためじゃ。ほいでも注意しとってくれ」

そう頼んだ声はどんよりと重く、暗かった。

「歌枝さん、これからどうするん」

志朗が尋ねると、横でこちらを振り向く気配がした。おそらくホテルのベッドの前には大きな鏡があって、歌枝はそれを見ながら髪をとかしているらしい。髪を梳《す》く微かな音が聞こえた。

「どうするって、何?」

「いや、離婚したんじゃったら、こっちに帰ってきたりするんかなって」

「うーん、どうかな。子供の学校とかもあるし」

「ほいでも、しょっちゅうこっちに来るでしょ。なんで腕なんか捜しとるんじゃ」

先日詠一郎に言われたことが気になっていた。本当にきょうを作るために捜しているのだとしたら、歌枝は正直には答えないだろう。事実、彼女は黙って髪を梳いていた。志朗は勝手に続けた。

「歌枝さんなぁ、腹立つじゃろうけど、元旦那のことなんかもうほっといたらええがな」

「ふふっ」歌枝が笑った。「なんで?」

「なんていうか、非生産的じゃない?」

「ははは、そういう問題じゃないの」歌枝はなお笑いながら、志朗の頭を軽く小突いた。

「それにこっちに来たって居づらいでしょ、実家。わたし、あんな風に出てったんだから」

「どこか近くに家探したら?」

「そんなにお金ないの」

「じゃあ一緒に住もうか」

「そんな簡単に言わんでよー。貞明くん、お父さんどうすんのよ」

ほうじゃなぁ、と志朗は呟いた。自分でもわけのわからないことを言っていると思った。

「そんなにわたしのこと好き？　貞明くんは変なひとだね」

「ボクなぁ、たぶんファム・ファタール的な人に弱いんじゃろうね」

「それわたし？　ふふふ」

まぁ嬉しいよ、と言って歌枝が立ち上がる気配がした。

「じゃあひかりの弟か妹ができたら、貞明くんが名前つけてええよ」

「まじか」

「あはははは」

その日、歌枝はやけによく笑った。密会はそれが最後になった。


三日後の夜、志朗が出先から森宮家に戻ると、悄然《しょうぜん》とした詠一郎が出迎えた。

「キミにああいうことを頼んでおいて、すまん。歌枝な、腕持っていきよった」

三和土で靴を脱ぎかけてぽかんとしている志朗に、詠一郎は続けた。

「あいつな、腕がないんじゃったら自分の子供を殺して使う、言うてな。本当にやれるんか言うたら、憎んでる男の子供をどうして殺せないと思う？　て逆に聞かれたわ。ゾッとしてな

——俺は甘いわ」

そう言うなり、ドンという音と衝撃が志朗の足の裏に響いた。詠一郎が三和土に崩れ落ちていた。


救急車に乗せられた詠一郎は、志朗がかつて世話になった病院に運ばれ、そのまま入院の運びとなった。歌枝とはさっぱり連絡がつかない。関屋と手分けして入院の手続きを済ませた志朗は、ぐったりと疲れて帰宅した。

翌日からはよみごのもとを訪れる客の対応をひとりでせねばならず、落ち着かない日々が続いた。工藤昌行の代理人を名乗る人物から連絡があったのはまさにその頃のことで、この時のことを志朗はあまり思い出したくない。それでも受話器を耳に当て、弁護士だという男性の話を聞きながら、背中にじわじわと厭な汗をかいていたことをよく覚えている。

完全に自分が当事者なのに、どこか遠い世界での話を聞いているような気がした。このとき彼は初めて、自分が歌枝に嘘を吐かれていたことを知ったのだ。

工藤昌行との離婚は成立していなかった。知らなかったとはいえ、ふたりは不貞行為を働いていたことになる。

歌枝はどうしてこんなことをしたのだろう。志朗はぐるぐると考え事をしながら、それでも足は病院へ、詠一郎の病室へと向かっていた。工藤昌行への当て付けだろうか？　それとも詠一郎や志朗に対して、何か思うところがあったのだろうか？　十年前、自分は森宮歌枝に、本当は何をするべきだったのだろう。

　何から話せばいいのか考えながら病室のドアを開けると、「来る頃じゃと思っとった」と声がした。

「俺のとこにも連絡が来たけぇ。歌枝となかなか連絡がとれんちゅうてな」

　キミが悪いこっちゃないがな、と詠一郎は言った。声は遠かった。声自体が小さいのではない、こちらを向いていないのだ。詠一郎はいつも、志朗と話すときはこちらを向いて話していた。しかし今はそうではない。

　志朗はリノリウムの床に座り、両手をついて頭を下げた。

「申し訳ありません」

　返事はなかった。

　森宮家に戻った志朗は、すぐに自分の荷物をまとめ始めた。家にやってきた関屋は、彼を止めなかった。

「森宮さん、怒ってらっしゃるわ。あの人も人間じゃし父親じゃけぇ、仕方ないわ。ここのことはなんとかやっておくから、またそのうち帰ってきたらええと思います」

　静かにそう言った関屋にも、志朗は「申し訳ありません」と詫《わ》びて頭を下げた。

　彼が森宮家に戻ったのはそれからおよそ四年後、森宮詠一郎の葬儀の日だった。

・・・・・

今、事務所にいる志朗貞明の手元には、森宮詠一郎の遺言が吹き込まれたカセットテープがある。

詠一郎は新しいものが苦手だった。渋々持っていた携帯電話も、本当に電話のためにしか使ったことがない。いくら「読み上げ機能でネットもメールもできますよ」と言っても、「俺は覚えられん」の一点張りだった。

あの後歌枝がきょうを作ったことも、それを使って神谷実咲の姉を呪ったことも、そしてそのきょうを加賀美春英に返されたことも、志朗から離れたところで起こった出来事だ。

きょうを返された歌枝がひかりを連れて、離れているとはいえ同じ県内に転居していたことを、志朗は今まで知らなかった。そこにどんな意思があったのか、それともたまたまだったのか、それも知らない。知らないことばかりだ。

それでも、事態はすでに森宮詠一郎から託されている。自分の娘がきょうによって他人を殺そうとしたことも、それを返されたことも、その始末を志朗に頼みたいということも、このカセットテープに吹き込まれていた。

遺言を聞いた志朗は、黒木に買ってきてもらったカセットデッキを前に頭を抱えた。

（今度こそきょうを歌枝さんに戻さないとならない。よみごの方法でちゃんと戻せばきょうは

いなくなる。ただ、あれだけ強いのを戻されたら、歌枝さんは死ぬじゃろう）

詠一郎がこの件に手を出さずにいたのは、神谷実咲の両親がたまたま加賀美のところに駆け込んだからではなかったのかもしれない。歌枝を殺すことだとわかっていたから手を出しかねていたのかもしれない。何であれもう、遺言になかったことは推測するしかない。

森宮詠一郎は死んだのだから。

「ずっとナイナイといっしょに押入れにいたいな」

そう口ぐせのように言うわりには、ひかりは毎日のように部屋からいなくなる。どうしても出ていかなければならないらしい。

「学校に行かなきゃならないんだ。いやなことがいっぱいあって全然行きたくないけど、行かないとお母さんがすごく怒るの。これ以上わたしにめいわくかける気かって」

ナイナイにはひかりが悲しんでいることがわかる。あいかわらずよりそうことしかできないけれど、少しずつ、少しずつ自分が力を取り戻していることもわかる。

ひかりが「ナイナイ」と名前を呼ぶからだ。

「わたしね、大きくなったらひとりぐらししたいんだ。自分でお金をかせげるようになって、この家を出て、だれにも怒られないでくらすの。そうなったら、ナイナイもいっしょに来てくれる？」

ナイナイ自身にも、本当にそうできるかはわからない。でもできるのなら、きっとそうするだろう。ナイナイはひかりにじっとよりそいながら、それが伝わるようにと願う。たったひとこと「いっしょに行くよ」と言えたらどんなにいいだろう。

やっぱりだれかが必要だ。

自分の体になってくれる、ひかり以外のだれか。


「どこに出るの？　おばけ」

「そこの押入れ」

「いっ」

ある日ナイナイは、ひかりでもお母さんでもない、知らない女の子の声を聞く。

「どういうのが出るの？」

「なんか……影みたいなやつ」

知らないだれかが、ひかりと話をしている。

ふすまの外で、ひかりが「ナイナイ」と自分を呼ぶ。ナイナイには声がない。でも体を動かすと、ひかりには伝わったらしい。

「なにそれ、おばけの名前？」

「うん——中、見てみる？」

「うん」

だれかが中に入ってくる。

ナイナイはじっと待った。「じゃあ、開けるね」とひかりの声がして、光がさし込んでくる。

「なんにもないじゃん」

知らない声がして、女の子の顔が押入れの中をのぞく。やっぱりひかりじゃない。知らない子だ。押入れの中が一瞬ぱっと光る。ナイナイはそれがなにかを知らないけれど、なんとなくいやなことをされたような気がする。

「暗くないとわかんないよ。中に入って、ここを閉めないと――どうする?」

ひかりの声がする。ナイナイは待つ。知らない女の子は「じゃあ、入ってみる」と答えて、押入れの中に全身を入れる。

「じゃあ閉めるね」

押入れの中がくらくなった。

ナイナイはくらやみのなかで笑う。目も鼻も口もないけれど、たしかに笑っている。このときを待っていたから。ずっとずっとずっとずっと、待っていた。

「なんにもないよ」

ナイナイは女の子に手をのばす。

「あっ――なんかある、なにこれ」

ナイナイはその子の顔をぱっとはさみ込み、頭の中に手を入れる。そのとたん、女の子の目が飛び出しそうに開かれる。

「ぎいいぃぃぃぃい――――」

頭のてっぺんからしぼり出すみたいな悲鳴が、女の子の口から飛び出す。

「いやー！　あけて！　あけて！　あけて！　出して！　おかあさん！　おかあさん！」

どんなに女の子があばれても、その子の手はナイナイをつかむことはできない。でも、ナイナイはその子をつかむことができる。ばたばたと動くその子の全身をつつむようにして、ナイナイは頭の中身を「食べ」始める。

頭の中身を食べると、その子が何を考えているのか、ナイナイにはよくわかる。ナイナイにしか聞こえないその子の声が（なまいきなんだよ）と言っている。

（貧乏なくせに、お父さんいないくせに、友だちひとりもいないくせに、あたしのこと上から目線で見るからむかつくんだよ。あたしは勉強もスポーツもできるし、お金持ちだしお父さんもお母さんもいるし、友だちもいっぱいいるし、だからあたしの方がえらいの。ひかりちゃんがあたしに逆らったのが悪いんだよ。悪いことしたら悪いことが起こるんだって、おぼえてもらわなきゃ）

その子はひかりの机をひっくり返したことがある。ひかりの教科書を捨てたり、ノートをかくしたり、ほかの子たちに無視させたりしたことがある。この子がひかりのことをきらっていたことが、ナイナイにはよくわかる。

ナイナイは頭の中を食べながら、どんどん頭の中に入っていく。

貧乏で、お父さんがいなくて、友だちがいないから、ひかりはきらわれてしまったのかな。そう思うとナイナイは悲しい。自分のすきなひかりが、だれかにきらわれていることが悲しくてしかたがない。ひかりもきっと悲しかっただろう。

でも、もう大丈夫。

もう女の子の声は聞こえなくなってしまった。

「大丈夫」

ナイナイがそう考えると、女の子の口から声が出る。

「大丈夫、あたしが助けてあげる。貧乏でお父さんがいなくて友だちがいないの、あたしが全部なくしてあげるからね」

そう言うとナイナイは自分のもののように手を動かして、押入れを開ける。

名無しのナイナイ

神谷実咲はローテーブルに置かれた「秘密兵器」を眺めた。見ただけでは何が入っているのかわからない。ただ、天板の上に置かれたときの音からして、それなりの重量がありそうだとは思った。

「秘密兵器？　って何なんですか？」

神谷が尋ねると、志朗は「うーん」と言葉を濁す。

「秘密兵器というか、その原材料ですね。何かは言えません。秘密なので」

「はぁ」

そのとき突然、加賀美春英が大声を出した。

「ああヤダヤダ！　おやめなさいよそういうことは」

「やめろって言われてもねぇ」と言いながら、志朗が包みの上に手を置く。

「しょうがないでしょ。だったら加賀美さんが手伝ってくれるんですか？」

「冗談じゃないわよ」

加賀美は間髪いれずにそう言った。

「じゃあ加賀美さん、今回はお力をお借りできないんですか?」

神谷が尋ねると、加賀美は「そりゃ自分のとこの神社がありますもの」と事も無げに答えた。

「それにあたしだって自分の命は惜しいですからね。あれをもう一度なんて冗談じゃないわ。それじゃ、あたしはここいらで失礼しますよ」

加賀美はぱっとソファから立ち上がり、「頑張んなさいよ」と言って、向かいに座っている志朗の肩を叩いた。

「シロさん、あんたねぇ、なんとなく厭な感じがしてるわよ」

「やめてくださいよ加賀美さん。加賀美さんのそういうの当たるんだから」

「だから言うのよ！　ほんとに気をつけなさいよ。神谷さんと黒木さんもね。そうだ、うちの神社の御札あげる」

そう言うと加賀美はバッグの中から折りたたんだ紙の束を取り出して、近くに立っていた黒木省吾に押し付けるように渡した。

「それじゃ失礼するわね。全部終わったら連絡ちょうだい」

「しますよ。お世話になりました」

志朗もソファから立ち上がると、玄関に向かう加賀美の丸い背中に向かって頭を下げた。

神谷は玄関まで加賀美を追いかけた。彼女の姿を見失うのが不安で仕方なかった。志朗ひとりに任せておいて本当に大丈夫なのか、やはり確信が持てない。

加賀美は靴を履いて神谷の顔を見ると、自分の娘を見るような顔で微笑んだ。

「あなたみたいなきれいなお嬢さんが、そんなこわい顔するもんじゃないわよ」

「あの……」

「大丈夫よ。シロさんって、あんなフラフラしてる風ですけどね。お師匠さんの遺言ならちゃんと果たすひとよ」

内緒よと前置きして、加賀美は声を落とした。「つい昨日が詠一郎さんのお葬式だったんだけどね、シロさん大泣きしたのよ。立ってられないくらい泣いたの」

神谷は思わず、今しがた出てきた応接室の方を振り返った。閉まったドアの向こうは、今は見ることができない。

「想像つかないでしょ。でもホントよ。シロさんにとって、詠一郎さんは特別なひとだったのよ」

そう言うと、加賀美は「それじゃお元気で」と神谷の肩を叩いた。そして玄関を開け、表に出て行った。

振り向くと、鍵を閉めにやってきたらしい志朗と鉢合わせした。

「あのオバチャン、あれでひそひそ話のつもりかいな。丸聞こえじゃ」

志朗はそう言うと、玄関の鍵を閉めながら照れくさそうに耳を掻いた。それから神谷に声をかける。

「それじゃ神谷さん、改めてお話を伺ってもよろしいですか」

姉と甥の死、また数年前の自殺未遂とその際加賀美を頼ったこと、昨日森宮歌枝を訪ねて森宮ひかりに会ったこと、彼女がわざわざ写真を渡してきた椿ありさという少女、義兄からの電話——神谷は思いつくかぎりのことを話した。

時折相槌《あいづち》や質問を挟みながら聞いていた志朗は、神谷の話が終わると巻物を広げるでもなく、しばらく黙って何か考え込んでいた。が、急に顔を上げると一方的にこう告げた。

「すみません。これからボクはやらなきゃならないことばかりですけぇ、神谷さんには一旦お引取り願います。ボクは明日までに仕事を少し先まで片付けないと。その後はしばらくお会いしたり連絡できなくなると思うんですが、ご承知ください。もし用事があれば、今日か明日のうちにお願いします」

「しばらくって、どれくらいですか？」

驚いた神谷が尋ねると、志朗は「ちょっとわかりかねます」と首を捻った。

「一週間か十日か——もうちょっとかかるかもしれません。できるようになったら、こちらから神谷さんに連絡しますので、ご心配なく」

そう言いながら、神谷を事務所から追い出すように帰してしまった。

志朗のところを出た神谷には、残念ながらこれといって行くところもない。朝一でやってきたから、時刻はまだ午前中だ。せっかく県境をふたつも越えてきたのに、さっさと家に帰るにはあまりに早い。

（森宮ひかりは――まだ学校か）

顔を見て話しておきたい気もするが、ひかりの住む街までは距離もあるし、時間も合わない。少し迷った上で、神谷はより近い場所を目指すことにした。

晴香と翔馬が生前通っていた、そして椿ありさと交流があったらしい児童館である。

スマートフォンの地図アプリを起動し、姉の住所を手がかりにそれらしき施設を割り出した神谷は、バス停に向かって歩き出した。


児童館は保育園と隣り合っており、ガラス張りの玄関から手をつないだ親子連れが出てくるところだった。周囲は住宅街で、近くの幼稚園からは子供たちの声が聞こえてくる。いかにも文教地区という風情の地域である。

ここに当時の晴香たちや、椿ありさのことを知る手がかりがあるかもしれない。そう思いついて訪ねたものの、

（さて、普通に入って大丈夫かな）

今更ながら神谷は尻《しり》ごみをした。子供が出入りする施設の職員は、不審者には敏感なものだ。勝手に入っていっていいものか――と、彼女には珍しくためらっていると、後ろから声をかけられた。

「こちらにご用ですか？」

振り向くと、六十代くらいの女性が手に如雨露を持って立っていた。エプロンにはウサギや

クマの大きなアップリケがいくつも縫い付けられている。おそらく児童館の関係者だろう。神谷はまず、自分の身元を明かすことにした。正直、警戒されにくい容姿だという自覚はある。

「私、神谷実咲と申します。こちらによく通っていた工藤晴香と翔馬の親戚なんですが、おわかりになりますか？」

「あらっ、しょうくんの」

女性ははっとした表情になって、口元に手を当てた。神谷の顔をまじまじと見て、「言われてみれば、工藤さんによく似てらっしゃるわ」と言った。

「はい。妹なんです」

「まぁー、そうなんですか。おふたりともお元気？　工藤さんと翔馬くん、夏頃から全然見かけなくなったから、どうされたのかと思っていたんです」

消息がわからないことが不安だったのだろう、少し安堵した様子の女性にふたりのことを告げるのは、神谷には勇気が必要だった。一度息を大きく吸い込み、

「あの、実は晴香と翔馬なんですが——亡くなったんです」

そう言うと、女性の手から如雨露が落ちた。

それから数分のち、神谷は先程の女性（佐々木《ささき》と名乗った）に連れられて、児童館の階段を上っていた。二階に受付があり、来訪者はそこに名前を書くことになっているらしい。神谷も自分の名前を記入し、念のために身分証も提示した。

賑やかで明るい場所だった。保護者に連れられた小さな子供たちが、プレイマットの上で思い思いに遊んでいる。

「お姉様たちのこと、本当に残念です。ご愁傷様でした」

佐々木は改めてそう言うと、丁寧に頭を下げた。神谷もお辞儀を返した。

「ありがとうございます」

「それで、それを伝えにわざわざ来てくださったのかしら」

「ええと、それもそうなんですけど――」神谷は困惑する。椿ありさのことを今尋ねるのは、あまりに唐突すぎるだろう。

晴香の撮った写真に写っていたありさのことが、神谷にはひどく気がかりだった。森宮ひかり――もしくは森宮家と、晴香たちを改めて繋ぐ接点となりそうな彼女のことを知りたい。とはいえ、怪しまれてはおしまいだ。

とっさに周囲を見渡すと、壁に絵が貼られているのに目が留まった。ここに来た子供たちが描いたのだろう。大人から見てもなかなか達者な風景画があるかと思えば、クレヨンでぐるぐると丸を描いただけのものもある。

「あの、翔馬が描いたものとか、作ったものがこちらに残っていないかと思って。できれば手元に置いておきたいものですから」

何か話のとっかかりになればと思って言うと、佐々木はうなずいた。

「翔馬くんのですね。うん、何かあったような気がするわ。今年の春頃の作品なら、まだとっておいたんじゃないかしら……」

佐々木はカウンターの裏に入ると、少しして画用紙の束を抱えて戻ってきた。

「裏に名前が書いてあるのよ。工藤翔馬くんね、工藤クドウ……あったわ」

渡された画用紙には、黒い丸のようなものが描かれていた。黒いクレヨンでぐるぐるとぬりつぶされ、まるで底の見えない穴のようだった。その傍らに小さく文字が書かれている。実咲には見慣れた、晴香の筆跡だった。

『ありさちゃん』

心臓が飛び跳ねた。

「これ、なんのことですか？」

文字を指さすと、佐々木は「ああ、これね」と笑った。

「これね、翔馬くんとよく遊んでくれたお姉さんの名前なのよ。翔馬くん、お絵描きが好きでしょう？　だから大好きなお姉さんのお顔を描いたんだけど、なんでか真っ黒に塗っちゃって。ありさちゃんはこうって聞かないのよ。子供って面白いわよねぇ。世界がどう見えてるのかしら」

佐々木は微笑んだ。

そうですか、と努めてにこやかに相槌を打ちながら、実咲は絵を持った手が震えそうになるのを堪《こら》えた。

翔馬は――確かにお絵描きが好きだった。よくクレヨンを手にして人の顔らしきものを描いていた。神谷も自分の顔を描いてもらったことがある。無論誰が誰だかわからないような拙いものだが、ちゃんと大きな丸の中に、二つの目と口らしき丸が収まっていて、顔のようなものができていた。

その翔馬が、『ありさちゃん』の顔に関しては、あえて真っ黒に塗りつぶしている。神谷にはこの絵がひどく不吉なものに見えた。

（これ、シロさんに見てもらった方がいいかもしれない）

神谷は佐々木に礼を述べて児童館を出ると、さっそくスマートフォンを取り出した。言葉では伝わりにくいだろうと、まずは絵の写真を撮る。

志朗は画像データを見ることができない。写真を送るなら黒木だ。

黒木は駐車場に停めた愛車の運転席で、客先に向かった志朗が戻ってくるのをひとり待っていた。

これからまとまった日数を確保するため、志朗はあちこちの客先に電話をかけ、半ば強引にリスケジュールの承諾を取り付けた。今日だけで五ヵ所ほど移動するらしく、黒木が車を出すことになったのだ。全盲の志朗に車の運転はできない。

大柄な黒木に運転席は少し狭い。一旦車外に出ようかと思ったそのとき、スマートフォンが振動した。神谷実咲からメッセージと画像が送られてきたのだ。

「ありさちゃん」

彼女の甥が描いたという絵の傍らに書かれた名前を、黒木は思わず口に出していた。先程事務所で神谷が口にしていた名前だ。森宮家と晴香たちを繋ぐかもしれない女の子の名前。森宮ひかりの友人だという。

黒い丸の写真を見ただけでは、黒木にはそれに意味があるのかよくわからない。スマートフォンをぐるぐる回して見ていると、運転席の窓をコンコンと叩かれた。

「黒木くん」

志朗が立っていた。

黒木のスマートフォンを手に取った志朗は、臭いものでも嗅《か》いだような顔をして、「これ気になるなぁ」と呟いた。

「ありがとう黒木くん。返すわ」

窓越しにスマートフォンを手渡すと、志朗は後部座席のドアを開けて車に乗り込んできた。

「次、どこでしたっけ?」

「ちょっと待って。神谷さんに電話する」

志朗は自分のスマートフォンを取り出すと、先程登録したばかりの神谷の番号を呼び出した。

「もしもし神谷さん、志朗です。今どこですか? そう、じゃあ一時間後に境町《さかいまち》駅南口の『園山珈琲《そのやまコーヒー》』で。では」

駅前の席数が多い喫茶店の名前を告げると、志朗は電話を切った。

「神谷さん、変なもの見つけてくれたなぁ。次のとこ行ったら駅前に行こう」

「今日忙しいですね。了解です」

行き先を確認後、黒木は車を発進させた。

「なんか厭じゃなぁ」

後部座席から志朗の声がした。黒木は愛車のハンドルを握りながら、「何がですか」と尋ねた。

「なんというか、ボクの想定と違うことが起きてる気がして厭じゃねぇ。うーん」

志朗はうんうん言いながら話を続けた。

「今神谷さんが送ってきた写真もよくわからんけど、ほかにも変でね……まず、神谷さんのお姉さんと甥御さんを死なせたきょうが、まだ残っているということ自体が変わってる。これは夏に『よんだ』し、さっき神谷さんに会ったときも気配を感じたから、ほぼ確定でいい」

「きょうが自然に消えることってあるんですか?」

「いや、今回みたいな人工のやつはほぼないね。きょうを消すのを、ボクらは『戻す』と言うけどね。目的を終えたきょうは、術者自らとっとと戻すのが定石なんだよ。もしも他のよみごに戻されたら、術者は大抵死ぬからね。もっとも歌枝さんはよみごじゃないから、きょうを戻すには誰かの協力が必要になるけど、そういうのはどうとでもなるから」

「へぇ……」

「神谷さんの話じゃ歌枝さんは元旦那と再婚したらしいし、当初の目的は達成されてるはずなんだよねぇ。でもまだきょうを出しっぱなしにしてるというのは意外じゃなぁ……まして名前が割れてるわけだから」

「名前？」

「きょうの元になった人間の名前。歌枝さんは自分の左腕を使ってきょうを作ってるから、この場合は『森宮歌枝』、そのまんまじゃね。きょうを戻すときは、きょうに触りながらこの名前を呼んで、『戻れ』と言えばいい」

「名前が割れてるきょうは、他のよみごに戻されるリスクが高いってことですか」

「そういうこと」

意外に簡単に戻せそうなんだな、と黒木は思ったが、すぐに考え直した。本当に簡単なことなら、志朗がかつて頑《かたく》なに神谷の依頼を断った理由がなくなってしまう。

「まずきょうに触るのが結構難しくってね」

志朗は黒木の考えを読み取ったかのように言う。「これは基本よみごにしかできないし、よみごって割ときょうに影響されやすいから」

「そうなんですか!?」

「共鳴しやすいんだよね。普通はこっちが圧倒的に強いからポイッとやれるけど。でも強いやつとやり合おうと思ったら、まずはそいつを弱らせないと手がつけられない」

「どうやって？」

「強いやつには強いやつをぶつけるんじゃ。お師匠さんだったらさっさと自分で殴りに行ったかもしらんけど、ボクはそんなに強くないからなぁ……まぁ、それは一旦おいといて、歌枝さんにはまだきょうを送りつけたい相手がいるか、もしくはきょうがコントロールできなくなっているのだと思う。術者が自分のきょうにやられることもあるからね」

「やられるって……どうなるんですか？」

「きょうって、頭の中をいじるんだよね。それで相手の思考を変えてしまう。晴香さんが何度も自殺未遂をしたり、亡くなったときに笑っていたというのは、きょうに操られていたからだと思う。ボクは自滅説を推すね。ボクの知ってる歌枝さんと神谷さんの会った歌枝さん、キャラが違いすぎる。人格が変わっとる」

ハンドルを握る黒木の大きな手に、じわじわと汗が滲む。志朗は半分ひとり言のようにぶつぶつと呟く。

「でもなぁ、なんか違うんじゃ、神谷さんの話……いや、神谷さんが嘘ついてるとかと違くて……まぁ、これはまたにしよう。まずは次のお客さんのとこからじゃ。よみごに用事があるのは神谷さんだけと違うからね」

「今回、まだ『よむ』のはやらないんですか」

黒木にはそれが不思議だった。「よむ」ことで相手のことがわかるなら、もう一度神谷から甥の遺品を借りてよめばいいのではないか。

が、バックミラーの志朗は首を振った。

「二度よんだら多分あっちに気づかれる。準備ができるまではやらない方がいい」

指定した喫茶店に黒木たちが到着したとき、神谷はすでに四人がけの席に座っていた。彼女はふたりの姿を目ざとく見つけて手を振った。

それを見た瞬間、黒木はまた何とも言えず厭な感じを覚えた。彼女と初めて出会ったときに感じたものと同じだった。

「黒木くん、やっぱり鋭くなったなぁ」

黒木の肘《ひじ》に手を置いている志朗が言った。「キミ、よみごの才能あるかもしれんね」

「正直嬉しくないですよ……」

「だろうね」

ふたりが席につくと、神谷はさっそく持っていたバッグの中から、丸めた画用紙を取り出した。

「さっき黒木さんに写真を送ったものです。翔馬が――甥が描いた『ありさちゃん』の絵だそうです」

真剣な顔で言いながら、彼女は早くも画用紙を広げる。画用紙いっぱいに、幼い子供が一所懸命に塗りつぶしたのであろう黒い丸が描かれていた。それを見た途端、黒木の「厭な感じ」は格段に増した。

「普通の人でも、まれにきょうが見えることがあってね」

と、志朗が急に話し始める。「みんな口を揃えて、真っ黒な影のように見えたという。ボクにもきょうは影みたいに見えるしね」

「どういうことですか？」

「とりあえずそれ、しまってもらっていいですか」

　神谷が元の通りに画用紙を巻き、バッグの中に仕舞ったところで、疲れた顔の店員がメニューを運んできた。ランチタイムだが誰も食事をとるような気分ではなく、人数分のコーヒーを注文する。店員が去っていくのを待って、志朗が話し始めた。ずいぶんと要領を得ないしゃべり方だった。

「うーん。とりあえず無関係ではないんでしょうね、『ありさちゃん』は……」

「私もずっと椿さんって子のことは気になってるんです。ひかりさん、彼女のことを怖がってた気がして――」

　神谷は手際よく、森宮ひかりから預かったという写真を取り出した。ひかりとありさが並んで写っている写真だ。少なくとも黒木には、ありさの顔は真っ黒な影には見えない。ただ、相変わらず厭な感じはした。

「う――――ん。いやこれ、ボクは初めて当たるケースかもしれん……」

　志朗はテーブルの上に肘をつき、顔を両手で覆って唸っている。神谷が「初めてって、どういうことですか？」と尋ねた。

「――何というかなぁ、椿さんという女の子がきょうそのものというか」

「はい？」

「きょうが人間に入って成り代わってしまったという話自体はなくもないんです。ただしかなりのレアケースで、正直そんなことやる奴おるんかいなとボクは思ってたくらいですが」

店員がコーヒーを運んでくる。志朗は前に置かれたカップを手探りで探し当てると取手をつかみ、しかし口には運ばずに続けた。

「というのは、そんなことしてもほぼ損しかないんですよ。人間の体に入ると物理的な制約を全部受けることになるでしょ。きょうのままだったらドアでも壁でも通り抜けられるし、離れたところにも一瞬で移動できる。そっちの方が便利でしょう」

「じゃあ、椿さんの中にきょうが入っていたとしたら、それは誰かがわざとやったわけじゃなくて、アクシデントってことですか？」

神谷の質問に、志朗は「ボクはそう思います」と答えて、ようやくコーヒーカップを持ち上げた。

「どうしてこういうことになったのかはボクにもわかりません。これ以上はちゃんと『よむ』必要がある。そのためには準備をしなきゃならないので、やっぱり時間がかかります。ただ神谷さん、神谷さんの件はもう、これで片が付いたのでは？」

「はい？」

神谷が大きな眼をぱちぱちさせた。

「お姉さんたちの不審死の原因を知りたかったんですよね？　自分たちの意思で自殺したのではなく、椿さんに入っていたものに干渉されたせいだということがわかったんですから、これで目的は達成されたでしょう」

「そうですけど……」

神谷は不満そうな顔になった。「でも、消化不良ですよ。明らかに何かの途中じゃないですか？　ここでドロップアウトはあんまりです」

「あんまりと言うてもなぁ。ご相談は片付いたわけだし、ここで下りた方がええですよ。もうこれは神谷さんの案件というよりはボクの問題ですから、相談料もタダにしときます」

「今更ですよ。ねぇシロさん、お師匠さんに言われたんだったら、これからその、椿さんに入ってるものを消すとか、封印するとかするんでしょう？　どうせ一枚嚙んだんですから、そこまで関わらせてください。私にできることはあんまりないかもしれないけど、たとえば森宮ひかりさんに、椿ありささんについて聞いておくことなんかはできるでしょ？」

そう言いながら、神谷はどんどん前のめりになってくる。そういえば猪突猛進だと言ってたな、と黒木は思い出した。

「あのですねぇ、神谷さんはきっとこういうの、馬鹿にせんで聞いてくださるじゃろうと思って言うんですけど」

志朗はそれまで微妙にそらしていた顔を、神谷の方にまっすぐ向けた。

「確かにボクはこれから、椿さんに入っているものを完全に消すつもりです。そして、それをやると死人が出る」

神谷が激しくまばたきをする。

「神谷さんは事実を知りたいとはおっしゃったけど、復讐《ふくしゅう》をしたいとは言わなかったでしょう。これ以上ボクに協力なさるというのは、あなたの案件を超えていると思います。そればかりか、殺人の片棒を担ぐことになる」

「殺人――ですか」

そう呟くと、神谷は珍しく言葉に詰まった。

「正直、そこまであなたに負わせるのはどうかと思うんです」

志朗はそう言って立ち上がり、「絵の件は大変助かりました。ありがとうございます」と一礼した。神谷は何か言いかけたが、それに被せるように「黒木くん、代わりに払っといてくれる？　後で精算するから」と言うと、白杖を持ってひとりで出口の方に歩いていってしまった。

「ええ!?　ええと、すみません神谷さん」

黒木はひとまず立ち上がった。志朗があのまま出入りの激しい駐車場にひとりで出て行くのは危険な気がする。

「ああなると志朗さん人の話聞かなくてですね、その、失礼します」

テーブルに現金を置いて店を出ると、ドアのすぐ外に志朗が立っていた。

「車どこに停めたか忘れたけぇ、連れてって」と、慣れた調子で黒木の腕に手を置くと、「神谷さん、ついてきてないね」と言った。

「いいんですかね」

再びハンドルをとりながら黒木が尋ねると、後部座席から「いいんじゃない」という声がした。

「お姉さんたちの死は本人の意思によるものではありません。犯人はいますがこれ以上は専門家にお任せください——というのが、ちょうどいい落としどころでしょう。何じゃ、ボクも神谷さんにはちとしゃべり過ぎた感があるわ」

「本人は協力したそうでしたけどね……」

「ことがことだからね、あんまり他人に噛ませるべきじゃないと思うんだよね。それに神谷さん、ホラー映画で最初に死にそうな感じの人だし」

「それはわかります」

「黒木くんかて、厭になったら抜けてもいいよ」

黒木はぎょっとしてバックミラーを見た。目を閉じている志朗の表情は読みにくい。

改めて「抜けてもいい」と言われると、複雑な思いが胸を満たしてくる。自分がこれから何に加担しようとしているのか——それがたとえ手伝いレベルのことでも、手を貸すべきではないのかもしれない。ただ、複雑というならおそらく志朗の方が複雑だ。

きょうを戻せば歌枝は死ぬことになる。それを自身がやらなければならないのだから。

「——また転職活動するの大変ですから。俺、面接で落とされるんですよ」

黒木はそう言って正面を向いた。後部座席で志朗が「ほんまに？　皆《みんな》見る目ないなぁ」と言って笑うのが聞こえた。

予定していた客先を回り終え、事務所のあるマンションに戻ったときには、もう夕方の五時を過ぎていた。エントランスに差しかかったとき、志朗が「あ」と声をあげた。

「神谷さん、こっちに来たか……面倒な人じゃなぁ、六時に来客があるのに」

黒木にも、自動ドアの前に立っている神谷の華奢《きゃしゃ》な姿が見えた。やはり目ざとくこちらを見つけ、駆け寄ってくる。

「シロさん！　あの後よく考えたんですけど」

「まだ五時間くらいしか経ってませんが……」

完全に逃げるタイミングを逸した志朗が、いかにも気乗りしていなそうな声を出した。

「長さではないんです。私、やっぱり殺人の片棒を担ぎます。担がせてください。晴香と翔馬の仇《かたき》を討ちたいんです。というか、自分の見てないところでそれをやられるのがいやなんです！」

「あのー、神谷さんてわりと、『深い理由はないけどなんかムッとしたから』とかでトラブル起こす人じゃないですか？　せめて一晩寝てからもう一回考えてみたらどうです？」

志朗は完全に「帰ってくれ」という口調である。争いの気配を感じると、黒木はつい落ち着かなくなってしまう。気が弱いのだ。

「いえ、私そういうので考え変わったことないので」

「参ったなこれ。黒木くん止めといてくれる？　ボク先に中入っとくわ」

「ええー、ちょっと待ってくださいよ……」

「通常業務でしょ」

「元凶は森宮歌枝って言いましたよねぇ⁉」神谷が声を張り上げる。やたらよく通る声である。

「じゃあ私、森宮さんとこに行って自分で殺しますね！」

「はぁ⁉」

オートロックを開けようとした志朗が足を止める。そこに神谷が畳みかけた。

「住所も知ってるし、こう見えて腕力あるので十分やれると思います！」

「何おっしゃるんですか神谷さん……」

「私おかしなこと言ってますか？　おかしいですか？　姉と甥には未来があったのに、それを根こそぎ奪われて恨んだらおかしいんですか？　法律で裁けない殺人なら、個人的に復讐する以外に何かありますか？　ひかりさんの母親でもシロさんのセフレでも関係ないです。私の敵です！」

「神谷さん、とりあえずご近所の手前まずいので落ち着いてください」

「落ち着いてますが⁉　まぁ私逮捕されるでしょうけど、両親もいつかきっとわかってくれると思います。私の性格をよくわかってくれてるはずなので。ていうかシロさんだって、本当は誰かの助けが必要なんじゃないですか⁉」

「ボクでしたら大丈夫です。お帰りください」

「じゃあ私、森宮さんのおうちに行きますね！」

「黒木くん、なんとかして」

「やっぱり俺ですか⁉」

顔見知りの住人が、三人の方をチラチラ見ながら自動ドアの向こうに消える。ここから移動した方がいいのではないだろうか——たとえば事務所の中とかに。いや、それでは相手の思うツボなのか。黒木が迷っている間にも、志朗と神谷のほとんど口論に近い会話は続いていた。

「とにかく神谷さんはお帰りください。ご自宅に」

「私絶対役に立つと思いますけど⁉　ていうか私いた方がよくないですか？　普通に必要でしょ？　だってシロさん、どうやって女子中学生に接触するんです？」

「——はい？」

「椿さんの中にいるものを消さなきゃならないんでしょ？　だったらまず、椿さんに近づかなきゃですよね。不審者扱いされたらどうしますか？　はっきり言いますけど、シロさんかなり目立ちますからね！」

「はい？」

珍しく志朗の目がちょっと開いたのを、黒木は確かに見た。

「自分では見えないからわからないかもしれないけど、シロさん総白髪だし白杖だしめちゃくちゃ特徴がわかりやすいんですよ！　今時は男性が女の子に話しかけたってだけで即不審者扱いされてもおかしくないんですから！　一回不審者情報回ったら詰みですよ詰み！」

「不審者て……」

「あー、あと黒木さんも目立ちます！　大きいし顔恐いから！」

黒木のところにも思わぬ流れ弾が飛んできた。「大きい」も「顔が恐い」も慣れっこだが、不審者情報の流れでくると刺さるものがある。

「さっき喫茶店で待ち合わせた時も相当目立ってましたからね！　私にもすぐわかったし！　いいですかおふたりとも。私がいたら全員警察のお世話にならずに済むかもしれないんです。私、子供とか女性とかに警戒されにくい感じなので。さっきも児童館に普通に入れましたし」

「い――……」

志朗は顔をしかめて眉間《みけん》を揉んでいたが、やがて深い溜息をつくと、「――本当に担ぐんですか？」と尋ねた。

「担ぎます」神谷は間髪いれずに答えた。

「そうですか……」と、志朗はもう一度溜息をつく。

「じゃあとりあえず、森宮ひかりさんに椿さんのことを聞いてもらってもいいですか？　ただ、椿さんには気づかれないように頼みます。くれぐれも無理のないように」

神谷は凛々《りり》しい表情を浮かべると、「わかりました！」と元気よく答えた。

「では、今日は失礼します！　家が遠いので！」

「お気をつけて……」

意気揚々と遠ざかっていく神谷を見送ってから、ようやく志朗と黒木はマンションの中に入った。

「なん……何なんあの人」

「凄《すご》いですね神谷さん」

「はー……まぁ神谷さんの言う通りかもしれん……実際椿ありさには近づかなきゃならないわけだし、ボク十五年ぐらい自分の外見見てないからな……」

「あの、全然おかしいとかではないかと」

「ありがとね黒木くん……まぁその、担ぐのはなるべく片棒の端っこの方にしてもらおう。この件に関しては絶対失敗できないからね、人手は有難いかもしれん。そういうことにしとこ」

師匠の遺言じゃけぇ、と志朗が呟いたとき、ようやくエレベーターが到着した。


二日間、志朗はひっきりなしに移動し、あるいは来客に対応して忙しく過ごした。黒木も出ずっぱりである。とはいえ志朗は午後七時には仕事を切り上げ、食事と睡眠はきちんととっているらしい。

「ここで体調崩したら負けるからね。ボクこの仕事が終わったら痛飲するんじゃゃ」

「それ死亡フラグじゃないですか？」

「黒木くん折っといて」

「無茶ですよ」

神谷からも連絡があった。さっそくひかりに電話をして、椿ありさのことを尋ねたのだという。「椿さんのことを相談できる専門家がいる」と説明すると、ひかりは喜んだそうだ。

『色々話してもらっちゃいました。椿さん、ひかりさんに会ったのは小学四年生のときらしいんですけど、最初は彼女のことをいじめてたそうなんです』

スマートフォンのスピーカーから流れる神谷の声を聞いたとき、黒木は意外に思った。例の「厭な感じ」はともかく、写真に写るふたりは、仲のいい友だち同士にしか見えなかったからだ。

『それが急に様子が変わって、ひかりさんにべったりになったらしいんですよ。そのきっかけっていうのが変な話なんですけど……』

神谷が語る奇妙な話を、志朗はじっと黙って聞いていた。黒木も口を挟むことはなかった。まるで本か映画の話を聞いているようだと思った。神谷の語る話が、今自分がいる場所と地続きのところで起こっていたということが、にわかには信じられない。

『前にシロさん、きょうが椿さんに入って成り代わってしまったんじゃないかって、おっしゃってたじゃないですか。あれ、ひかりさんも同じことを考えてたみたいです。こういうきっかけがあったからでしょうね。ひかりさんはずっと、椿さんに入っているもののことを「ナイナイ」って呼んでて——私に何度も謝るんです。ナイナイがごめんなさいって。あの……シロさん。私すごくおかしなことをお聞きしてもいいですか？』

「じゃあ、どうぞ」

『その……ナイナイを無力化して、ひかりさんのところに戻してあげることって、できませんか？』

志朗はきっぱりと「できません」と答えた。

「いくらかわいい名前がついとっても、そいつはきょうですよ。一般家庭で猛獣を飼うようなもん……というか、それよりも無茶でしょうね。きょうはよくないものの塊だし、話を聞く限りナイナイはだんだん力を増している。それでいて人間の倫理を理解することはできないんです。いくら森宮ひかりが『責任もって飼うから』と言ったかて、無理なものは無理です。だいたい神谷さん、ボクの片棒担いでくださるんでしょ？　今更何をおっしゃるんですか」

電話の向こうで神谷は押し黙り、少しして『そうですよね』と静かな返事が聞こえた。


日曜日の夜、志朗は事務所から出ていく黒木に「全部終わったらボクから連絡するから、よろしく」と告げた。

「志朗さん、これから何するんですか？」

「言うてなかったっけ？　『秘密兵器』を作るって。集中したいからスマホ触らないし、インターホンも切るよ」

「作るんですか？　秘密兵器」

「そう。万が一キミから情報が洩《も》れると困るから、細かいことはまだ内緒だけど」

事務所を出た黒木は神谷に一報を入れた。『結局秘密兵器って秘密のままなんですか』と返事があった。

（そういえば加賀美さん、ずいぶんヤダヤダって言ってたな）

夜道を歩きながら、黒木は加賀美の小柄な姿を思い出した。ふと振り返ると、マンションの志朗の部屋の明かりはすでに消え、真っ暗になっていた。

あの部屋の電灯は、黒木や客人のためだけにあるのだということを、黒木は改めて思い出した。志朗に明かりは必要ないのだ。

・・・・・

それから十日間、志朗からの連絡はすっぱりと途絶えた。

黒木にとっては思いがけない休暇だが、とても楽しむような気分ではない。ようやく志朗から黒木に電話がかかってきたのは、十日後の夜のことだった。ひどく疲れた様子だった。

『なんでもいいから飯買ってきて。黒木くんの三人分くらい』

黒木は、近くのコンビニで言われたとおりに食品を買い込み、志朗の部屋に向かった。

「電話の声、やばかったですよ。志朗さん」

「でしょう。ボク疲れると喉にくるからね」

志朗が玄関のドアを開けた途端、黒木はみたびあの「厭な感じ」に襲われた。神谷に会ったときよりも、もっと強い感覚だった。得体の知れない虫が背中を這っているような、ぞわぞわとした感じが押し寄せてくる。

「黒木くん、中入ってくれる?」

「はぁ……」

「大丈夫だから」

渋る黒木を部屋の中に招き入れ、ドアを閉めた志朗は「なんか厭な感じするでしょ」と言った。

「まぁ……します」

「きょうがいるからね。この部屋」

そう言いながら志朗は明かりを点けた。

電灯が煌々《こうこう》と室内を照らし出す。にも拘わらず、黒木は何かが暗がりに潜んでいるような気配を感じていた。

「ボクが作った」

志朗の吐き捨てるような声がした。「強いもんには強いもんをぶつけるって、前に言ったでしょ。だからお師匠さんの骨を使って、きょうを作った」

あのとき「秘密兵器の原材料」だと言ってテーブルの上に載せた風呂敷包みの中身が、森宮詠一郎の遺骨だったということを、黒木はこのとき初めて知った。

「神谷さん、心配してましたよ」

「そうかぁ。あ、電話入れなきゃ」

「俺がしときますよ。それでその――大丈夫ですか?」

言われたとおり、「黒木の三人分」になるよう弁当や総菜を買い込んできたはずである。ところが黒木より五〇キロ近く体重が軽いはずの志朗は、流し込むようにそれらを平らげてしまい、さらに「足りん」と言いながらキッチンの物入を開けてカップ麺《めん》を取り出した。

「そんな食べて大丈夫なんですか？」

「十日もかかったんじゃー。なんかもう一〇キロくらい痩せた気分」

そう言いながら志朗は電気ケトルで湯を沸かし、その間にペットボトルの口を開ける。500mlの緑茶が瞬く間に消えていく。呆れつつも、黒木は志朗が無事らしいことに改めて安堵していた。

「じゃあ神谷さんに連絡――」

「ああー、そうだ黒木くん。キミな、秘密兵器のこと誰かに聞かれても絶対に言うなよ」

志朗が慌てて釘を刺した。

「どこから敵に洩れるかわからん。どんなに口が堅くても、きょうに頭をいじられたらどうにもならんからね」

「えっ、じゃあ俺、さっきの聞いちゃってよかったんですか？」

黒木が驚いて尋ねると、志朗は急に肩を落とした。

「よくない……よくないけど、罪悪感がすごくてつい言ってしまった……」

「えええ」

「黙ってられなくてごめん……絶対黙っといて」

「いや、ごめんはいいんですけど、俺どうしたらいいんですか？　万が一その、椿さんと出くわしたりしたら」

「相手は黒木くんのこと知らんはずだし、いきなり頭の中いじられたりはせんと思うけどなぁ。とりあえず加賀美さんの御札持っといて。ボクも持っとくから」

志朗はそう言いながらキャビネットの引き出しを開け、手探りで中から何枚か取り出した紙を黒木に押し付けた。

「まぁたぶん大丈夫でしょ。このきょうが返されることはほぼないだろうから」

そう言いながら志朗はカップ麺の蓋《ふた》を半分剥がし、沸いたばかりの熱湯を中に注ぐ。

「返される？」

「中途半端なやつをぶつけちゃうと、相手に力業で押し返されてこっちに跳ね返ってくることがあるんだよね。だから余裕で勝てるくらい強いやつをぶつけないと」

「そのきょうで消すってことはできないんですか？」

「できないねー。あくまで手順を踏んで『戻さ』ないと消えないよ」

厄介だよねと言いながら、志朗はさっき湯を注いだばかりのカップ麺の蓋を剥いでしまい、割り箸で中身をかき混ぜてさっさと食べ始める。ずいぶんせっかちだなと思いながら見守っているうち、黒木はふと神谷のことを思い出した。

「神谷さんには？　やっぱりこっちのきょうのことは秘密ですか？」

「うーん、絶対知りたがるんよなぁ。何も言わなきゃよかった……とりあえず黙っとこ。ところで黒木くん、ボクが引きこもってる間に何かあった？」

「そういえば——」黒木はスマートフォンを取り出し、神谷経由で知った情報をメモしたものを捜した。「森宮ひかりさんなんですが、今学校に行ってないそうです。彼女が通ってる中学校で飛び降り自殺があって」

「ほう？」閉じている志朗の瞼が、驚いたように動いた。

「神谷さんの話によれば、その自殺も椿さんの影響じゃないかって怖がってるらしいです」

「そうか……他には？」

「他は——さっさと電話を切られてしまうと言ってました。どうも家族に聞かれるのを嫌がってるみたいです」

「自分のスマホとか持ってないのかな」

「持ってないみたいですね。父親も母親も椿さんの味方らしくて、そこから情報が洩れることを警戒してるみたいです」

「なるほど、もうそっちはきょうの影響が出てるらしいね。他は？」

「他は特に」

「じゃあ、今日は大丈夫です」

志朗はそう答えて、いつの間にか空にしたカップ麺の容器を割り箸ごとダストボックスに放り込んだ。

「は？」

「ボクは今日はもうシャワー浴びてひたすら寝るので、黒木くんは帰ってもらって大丈夫。変な時間に悪かったね」

「そ、そうですか……」

今更のように黒木は辺りを見回した。

この部屋のどこかにきょうがいるのだ。厭な気配はそのままだが、どこから漂ってきているのかはわからない。黒木の様子を察したのだろう、志朗が先回りするように言った。

「きょうだったら、師匠の骨壺の中にとりあえず入ってるよ。なにせあの人のお骨全部使って作ったけぇ、ポテンシャルの高さに期待しよう」

「ポテンシャルですか……」

「でも残念ながらボクの体力がもたないので、本格的着手は明日から。今日は無理。体洗わないと気持ち悪くて眠れないけどもう寝落ちしそう」

「それ、逆に俺帰っても大丈夫ですか？　風呂で倒れたりしません？」

「大丈夫……大丈夫じゃないかな……」

結局、志朗が無事に脱衣場から出てくるのを見届けてから、黒木は帰宅した。

森宮ひかりは、自室の押入れの中に蹲《つずくま》って日付を数えた。

転校生が自殺してから、もう十日以上が過ぎた。学校はとっくに再開されているが、彼女は登校していない。母も父も担任も皆、自殺の瞬間を目撃してショックを受けたのだと思ったらしく、休んでも咎《とが》められることはなかった。

もっとも彼女が何をしたところで、文句を言ったり叱ったりするひとは滅多にいない。ここ数年、ひかりの周囲の人物のほとんどは、彼女の行動を好意的にとらえ、ほめそやしてきた。転校生の自殺にショックを受けたのは本当だ。でも学校に行かない理由はほかにあった。他人に会うのが──特に、椿ありさに会うのが怖かった。

学校を休んでいる間、ひかりはほとんど自室の押入れの中に閉じこもっていた。ここ三年で突然優しくなった母にも、突然戻ってきた父にも、今は会いたくなかった。

押入れの中にはひかりしかいない。だが、以前はここに「なにか」がいた。彼女がナイナイと呼んでいたものが。

ナイナイがここからいなくなってから──つまり、椿ありさが初めてこの部屋にやってきたあのときから、何もかもが変わり始めたということに、彼女はとっくに気づいている。

部屋の襖《ふすま》がはたはたとノックされた。

「ひかり、お昼ご飯食べる?」

母の歌枝の声だ。ひかりは「あとにする」と答えた。

「そう?　じゃあテーブルに置いておくからね」

声はずっと優しく、柔らかいままだった。

ナイナイがまだ押入れの中にいた頃の母なら、きっと烈火のように怒って、自分を部屋から引きずり出したに違いない。そう考えてふと、ひかりは(それ以前のお母さんだったらどうしたかな）と思った。

思えば最初に母の性格が変わったのは、父と離婚する直前のことだ。それより前の母は、父にはよく干渉していたけれど、ひかりに対してはむしろ無関心だった。とらえどころのない人で、子供など最低限の世話をしておけばいいと思っているふしがあった。

そういえば小学三年生の頃、母がしょっちゅう家を空けていた時期があった。長いときは一週間ほども音沙汰がなかった。父も単身赴任先から帰ってこず、ひかりは母が買いためておいたインスタント食品で食事を済ませ、ひとりで寝起きしていた。近所の人や学校の友達、先生たちに対しては、「母は毎日ちゃんと帰ってきてるから大丈夫」と嘘をついていた。

今思えば、あの頃が一番気楽だったかもしれない。今のように甘やかされるよりも、むしろよかったかもしれないとすら思う。将来一人暮らしをしたいと考えるようになったのも、あの頃のことがきっかけではないだろうか。

母が突然倒れたのは、父との離婚が成立する少し前だったと記憶している。何日かして体調は戻ったが、それからまるで人柄が変わったかのようになった。ひかりの行動をなにかにつけて縛り、少しでも気に入らないとひどく怒った。ここに引っ越してきたばかりの頃は特に酷《ひど》かった。

そうなったのは、父がいなくなって執着心の行く先を失ったせいなのかもしれない。少なくとも、そう考えて自分を納得させることができる。

でも、あんなに怒りっぽくて恐かった母が、今みたいに優しく変わってしまったというのは、どういうことなのか。

うまく説明がつかない。

「ナイナイ」

ひかりは小さな声で呼びかけた。なにも応えるものはなかった。


部屋の外で電話が鳴った。

いつの間にかうとうとと眠っていたひかりの肩がビクッと動いた。呼び出し音が止み、母親の声が答える。

「はい、森宮です。……少々お待ちください」

再び襖がノックされた。

「ひかり、神谷さんから」

それを聞くと、ひかりは押入れから飛び出し、部屋を出た。いつの間にかもう夜になっている。さすがに空腹だった。

母が立っていた。彼女を見てにっこりと笑う。

「ひかり、神谷さんとお友達になったんだね。よかったね」

場違いにもひかりはぞっとした。

（やっぱりこの人、元のお母さんじゃない）

人が変わったように優しくなった母を、ひかりは未だに受け入れがたく思っている。何かそれらしいきっかけがあったわけでもないのに、母はごく短期間で別人のように変わってしまった。

そんなの、絶対におかしい。

ひかりはすがりつくように電話に出た。

「もしもし」

『ひかりちゃん？　神谷です。夜分にごめんね』

その声を聞いて、ひかりはほっと溜息をついた。

訪問の翌日から、神谷実咲は毎日一度電話をかけてくるようになった。まだ役立てたことはないが、連絡先も教えてもらった。彼女は今のところ、椿ありさと接点を持たない唯一の知人と言っていい。

「神谷さん、どうですか？」

『こっちは変わりないよ。椿さんとも会ってないし』

「そうですか……」

『大丈夫？　学校のこと、テレビでもネットでも報道してるよね。ショックだったでしょ』

ひかりを心配する神谷の言葉には、しっかりとした実感があった。母や父や同級生からは感じられないものだった。

「ありがとうございます……神谷さんの方はどうですか？　あの、前に言ってた専門家のひとって」

神谷の会った「専門家のひと」は、神谷の姉たちの死と、ひかりの周囲の人々の不自然な変化の双方を解決することができるかもしれないという。ところがここしばらく音信不通になっていたので、神谷と一緒に気にしていたのだ。本人が「しばらく連絡がとれなくなる」と言ったそうだけど、気がかりなのは変わりない。

『そうそう、それで電話したの。実はそのひととまた連絡が取れるようになったの！　もう十日も音沙汰なしだったから心配したけど、これでひと安心だね』

ひかりはほっと息をついた。「専門家のひと」と連絡をとれるようになったことにもほっとしたが、何より神谷はひかりに対して取り繕わない。不安なときは不安だと言ってくれる。それがひかりには心地よかった。

『そろそろ切った方がいい？』

「あ、そうですね」

ひかりは背後に視線を送った。父は仕事だが、家の中には母がいる。もしかすると母からありさに情報が洩れるかもしれない。早々に電話を切り、受話器を戻した。

すでにひかりはありさを元凶だと疑っている。周囲の人々が変わっていった、その中心には必ず椿ありさの姿があった。

ありさは学校に通っているらしい。ひかりのために授業のノートをとり、プリントを運んでくる。ひかりのために図書室で本を借り、ひかりに直接会えなくても、毎日ここにやってくる。何もかもひかりのためだ。

（新浜さんが自殺したのは、わたしのせいなのかもしれない）

ひかりは二学期からやってきた転校生のことを思い出す。窓の外を落ちていく姿はまだ脳裏に焼き付いていて、その映像が頭をよぎるたびに背筋が冷たくなった。

確かに彼女のことは好きではなかった。初日にいきなり無視された相手を、すぐ好きになれる方がどうかしている。とはいえ、あれだけのことでいつまでも腹を立てたりはしない。むしろひどく怒っていたのはありさの方だった。

「ひかりにあんな態度とるなんて許せない」

冷たく言い放ったときのありさの顔は、一瞬真っ黒な影のように見えた。


『寝過ごした——黒木くん、また車出してくれる?』

志朗から黒木に電話があったのは、木曜日の午後二時過ぎだった。

「わかりました。今度はどこに行くんですか?」

『椿ありさが住んでる街に行きたい』

いよいよ来た。黒木は思わず唾《つば》を飲んだ。

マンションの入口に立っていた志朗は、長さのあるボディバッグの他に、大きなナイロンのバッグを肩から提げていた。生地が丸く膨らんでいる。きょうの入った骨壺だ、と黒木は直感した。それを裏付けるかのように、志朗が近づくとまたあの厭な感じが漂ってきた。

「わざわざこっちから出向くんですか」

「うん。いずれ椿ありさに接近しないと戻せないからね。なるべく近くでよんだ方が精度が上がるし」

「神谷さんに手伝ってもらわなくていいんですか？　今日からまたむりやり何日か休暇取ったって言ってましたけど」

「あの人やる気あるね……まぁでも、こっちのきょうを使っておびき出せるだろうから、これ以上何か頼むことはないと思う。協力させずに済むならその方がいいだろうし」

志朗は後部座席に座ると、バッグを膝の上に置いた。

車は椿ありさや森宮歌枝、ひかりたちが暮らす街へと走った。口数は少ない。志朗が何を考えているのか、黒木にはわからない。

目的の街に入り、少し走ったところで、志朗が「ちょっと停めて」と言った。

「今すごいのが通った。きょうの塊みたいになってるのが」

左手に続く緑の遊歩道は公園に続くらしい。入口に車を停めさせると、志朗は早足で中に入っていく。

「ひとりで大丈夫ですか？」

「たぶん大丈夫。黒木くんまで来ると、さすがに目立つから」

神谷に言われたことが気になるのだろう。正直、黒木にも実感がある。自分と志朗のコンビは悪目立ちするのだ。あまりに遅かったら追いかけようと決めて、黒木は路肩に車を停めた。

志朗がバッグを肩にかけて出て行く。厭な気配が遠ざかり、車内の空気が軽くなった。志朗は遊歩道の入口あたりで少し立ち止まり、白杖で路面を何度か叩いた後で足早に歩き始めた。とても目が見えていないとは思えない速さで遠ざかっていく。

しばらく静観することにして、黒木は窓の外を眺めた。静かで、のどかな街だと思った。

しばらく待つと志朗が戻ってきた。

「さっきの、椿ありさと同じ中学校の子だった。神谷さんから写真もらっといてよかった」

再び車に乗り込んできた志朗は、なんとなくほっとしたような表情をしていた。

「彼女、神谷さんがつけてたきょうの気配と同じ気配がしてたね。元々影響があったところに、自殺騒ぎのせいでマイナス思考になって、さらに小さいきょうが集まってた。ああいうの寄ってくるからね……もう他の同級生なんかにも影響が出てるのと違うかな。また自殺者が出ても寝覚めが悪いし、早めに片付けましょう」

近隣ではその公園が周りに遮蔽物《しゃへい》が少なく、見晴らしもいいらしい。加えて人気も少なく、志朗は「じゃあここで『よむ』か」と決めた。

近くのコインパーキングに車を停めると、ふたりは遊歩道を歩いて公園に向かった。上り坂は若干傾斜がきつく、加えて今の時期は風が冷たい。この公園に人気がないのもうなずけると黒木は思った。

「荷物持ちましょうか?」

「いや、大丈夫」

五分ほど歩くと、ようやく開けた場所に出た。離れたところに滑り台とブランコが並んでいるが、それを使う子供の姿はない。他にはベンチがいくつかと、東屋《あずまや》があるだけだった。

東屋には木のテーブルと、ふたりがけのベンチがふたつ設置されている。テーブルの上に載っていた落ち葉を落とし、ウェットティッシュで上を拭くと、志朗はボディバッグから取り出した巻物をそこに広げた。

「じゃあ、やるか」

志朗はそう言うと、両手を巻物の上に掲げて「よみ」始めた。

黒木は遊歩道の方を確認したが、相変わらず人の姿はない。志朗の手が巻物の上を泳ぐように動く。

「――強いな?」

ふいに志朗が呟いた。

「なんでこんな強くなった？　左腕一本のはずなのにこいつ……誰なん？」

冷たい風が吹いた。

志朗が手慣れた手つきで巻物を巻き、テーブルの端によせた。

「――よんだ。やっぱり椿ありさで間違いない。でっかいクマじゃ。ボクがよんだのも気づかれた。こっちに来ると思う。ただ……」

黒木は自分の鼓動が速くなっているのに気づいた。志朗は何かぶつぶつ言いながらナイロンのバッグをテーブルに載せ、中身を取り出した。黒木が思っていたとおり、中身は森宮詠一郎の骨壺だった。

「あの、志朗さん、どうしました?」

黒木は焦ったような志朗の様子が気になって仕方がない。志朗がぐっと唇を噛む。

「何であれ気づかれたんなら開戦じゃ。それじゃ師匠、削ってきてくださいよ」

そう言って、志朗が壺の蓋を開けた。

その時ほんの一瞬、黒木は真っ黒な人影がその場に現れたのを見た。


椿ありさの体に入っているナイナイは、中学校の制服のまま、ひかりの家に向かっている。

この体に入ってから、行きたいところにすぐ行けなくなったのが不便だ。とはいえナイナイと椿ありさの体はすっかりなじんでしまって、今では出ようと思っても簡単には出られない。

ナイナイはそれでもいいと思っている。

(いいんだ。この体でいた方が、きっとひかりの役に立つんだ)

ひかりは今日も学校に来なかった。無理に引っ張り出すなんてことは、かわいそうだからできないけど、ナイナイはずっと心配している。転校生が自殺してからこっち、ナイナイはちっともひかりに会えていない。

なにかいいことがあれば、ひかりも元気になるかもしれない。そしてたぶん、今日はいいことが起こる日だ。そうなったらいいな——そう思うと足取りが軽くなる。

そのときナイナイはふと、だれかの視線を感じる。

だれかが離れたところから、自分のことを見ている。

ナイナイは体がざわつくのを感じる。椿ありさの心臓が、どきどきと強く打ち始める。だれかに見られている。ともだちではない。敵だ。ナイナイにはそれがわかる。

だれかがナイナイを、とても冷たい目で見つめている。

（どこにいるの？）

ナイナイは空を見上げて、視線の源を探る。そんなに遠くない。たぶん、中学校の近くにある公園だ。そこに誰かがいて、自分のことを見ている。

ひかりに会いにいくのは後にした方がいいかもしれない。ナイナイは踵《きびす》を返す。

そのとき、椿ありさの頭の中に「なにか」が入ってきた。

（いたい！）

入ってきた「なにか」は、ナイナイを捕まえてどんどんちぎってしまう。体がよろけて、路肩に尻もちをつく。

なにかはナイナイをどんどんぼろぼろにしてしまう。

「うううううう」

うなり声をあげて頭を抱えるけれど、ナイナイは逃げない。頭の中に入ってきたものに、反対につかみかかる。

（ばかにしないで！）

ナイナイは入ってきたものをぐいぐい押し返す。引きちぎられても離さない。相手のこともちぎって、ぐちゃぐちゃにまるめて、押し返す。

これからひかりに会う。絶対に会う。だって今日はいいことがあるんだから。ナイナイは強くなったんだから、絶対にこんなやつにやられたりしない。

そういえば、前にもこんなことがあった。

ナイナイはいつだったか、お腹の大きな女の人のところに行ったことを思い出す。あのときもなにか大きなものがやってきて、ナイナイをめちゃくちゃに壊して元来たところにむりやり押し返した。それでナイナイはとても弱くなって、押入れの中から出られなくなったのだ。覚えている。

こいつはあのときのものより大きくないし、強くない。それに一度やられたことは、きっと自分にもできる。

覚えているのだから。

同じことを。

ナイナイは手応えを感じる。

・・・・・・

パキン、と枯れ枝を折るような音がした。

黒木省吾は音のした方を見た。

東屋の屋根の下に、志朗貞明が立っている。右手に巻物を持ち、左手をテーブルに置いた骨壺の上に添えている。

その左手の指が五本、すべてでたらめな方向に折れ曲がっていた。

驚いて見つめている間に、今度は大きめのバキッという音がして、誰かに弾《はじ》かれたかのように志朗の左腕が関節を無視してぽんと跳ね、曲がった。志朗さん、と声をかけようとした途端、志朗が「戻れ！」と叫んだ。

骨壺の蓋がひとりでに跳ね上がり、カタカタと震えて止まった。

「――志朗さん！」

黒木は大声を出して駆け寄った。喉を踏み潰《つぶ》されたような声をあげて、志朗がその場に崩れるようにしゃがみ込んだ。

・・・・・

ナイナイは、頭の中に入ってきたなにかを追い出すことができたと悟る。そしてそれが、それを送っただれかのところに返っていったことを知る。こっちを見ていただれかの力が、急に弱くなったからだ。

だれかは少しずつ離れていく。遠くなる。まだ生きているけれど、弱っている。

ナイナイは路肩に座ったまま、小さく声をたてて笑う。ナイナイもひどい目に遭ったから、今はあまり元気がない。少し休んでからひかりに会いに行った方がいい。ひかりに心配をかけてしまう。

しかえしに行くのは、その後でいい。

ナイナイが敵を押し返した直後、志朗貞明は自分の左手の中から枯れ枝を折るような音を聞いた。続いて肘からバキンという音と衝撃が頭に響き、自らの意思に反して左腕が跳ね上がった。何かが腕の中を上ってくる、と本能的に悟った次の瞬間、頭の中で（戻せ！）という声がした。

森宮詠一郎の声だった。

「戻れ！」

とっさに声が出た。左腕を上ってきた何かが体内から抜け、骨壺の蓋がカタンとひとりでに跳ね上がるような音をたてた。力が抜け、途端に激痛が襲ってきた。

「志朗さん！」

黒木が近づいてくる。立っていられず、志朗はその場にしゃがみ込んだ。喉の奥から自分のものではないような呻《うめ》き声が漏れている。

きょうが返ってきた。返されたのだ。

椿ありさの中にいる「ナイナイ」に。

普通ならありえないことだ。力業で返されないよう、十分に強いきょうをぶつけたはずだった。だが、起こったことは起こったのだ。

志朗は息を吸い、ゆっくりと吐いた。医学の心得はない。左腕は触らない方がいいだろう。

「なんですかそれ⁉　病院！」

行きましょうと続けようとする黒木を制して、志朗は言った。

「事務所に戻る」

腕の治療などしている場合ではない。相手は遠からずとどめを刺すためにやってくるだろう。今は時間を稼ぐために距離をとった方がいいし、どうせ移動するなら勝手のわかる場所がいい。

黒木は何か言いたげに息を呑んだが、「……わかりました」と答えた。何も指示しないうちに壺をバッグに戻し、荷物をまとめているらしい。「入れときます！」と言われて、体の前面に回しておいたボディバッグの中に巻物を突っ込まれた。

「志朗さん、歩けます？　いやいいです！　動かします！」

右腕を黒木の首に回され、背中と膝裏を支えられた、と思った瞬間、体がすっと浮いた。

「うわっ、すごいなキミ」

「車まで急ぎます！」

「これ今アレ、お姫さま抱っこというやつでは……」

「今いいでしょそんなことはどうでも！」

そう言うと、黒木は早足でもと来た坂を下っていく。

揺られながら、志朗は黒木の肩にかかっているナイロンバッグに指先で触れた。中にはまだきょうの気配が凝っている。だが、明らかに弱っていることがわかる。

森宮詠一郎は志朗の血縁ではない。だが何十年も活動した実績を持つ、力のある霊能者だ。その人物の全身の骨を使って作ったきょうを、力任せに返された。

ナイナイは強い。想定していたレベルをかなり超えている。歌枝の左腕一本にしてはあまりに強すぎる。


（本当に歌枝さんの左腕か？）


志朗は考えた。それはさっきも少しだけ疑ったことだった。相変わらず左腕には痛みが走っているが、頭の中はやけに静かだった。

そういえば神谷の話を聞いたとき、何か嚙み合わないと思っていたことがあった。というよりは、あえて直視せずにいたことが。

（そもそもあの歌枝さんが、バカ正直に自分の腕できょうを作るか？　師匠の目の前で持ち去ったんだ、もしも師匠がきょうを戻そうとしていたら、すぐに戻されてしまっただろう。名前が割れているんだから。でも、もしも別の人間が素体だったとしたら？　素体の名前がわからなければ、きょうを戻されることはない）

駐車場にたどりついた。車のロックが開く。「中に入れますよ！」と声がして、後部座席に乗せられる。

（歌枝さんが森宮家に帰ってきたとき、日中は暖かかった。歌枝さんは薄い長袖を着ていた……確か五月頃。一方で晴香さんが自殺未遂を繰り返すようになったのが、神谷さんによれば二月頃。間が空きすぎている。きょうを作るのにそんなに時間はかからない。じゃあ何に時間を使っていた？）

黒木は丁寧にシートベルトまで締めさせ、ドアを閉めた。志朗はまだ考えている。

（もしかして、彼女は育つのを待っていたんじゃないか。きょうの素体が。そうすれば誰も素体の名前を知らない、戻される心配のないきょうを作ることができる）

運転席のドアが開き、前方右方向に車がズンと沈んだ。黒木が乗り込んだのだ。

「出発します！」

車が走り出す。

志朗は上着のポケットからスマートフォンを取り出した。読み上げ機能の合成音声を聞いたのだろう、黒木が声をかけてきた。

「誰かに電話するんですか？」

「いや、検索」

入力した語句の検索結果を、合成音声が猛スピードで次々と読み上げていく。

（妊娠後期の胎児なら重さは一キロ超えるし、主な臓器もできてる。体型をごまかせるかどうかは個人差が大きいらしい。まず左腕を使ってきょうを作り、自分の胎内の子供を呪って死産させる。生身の素体があれば強いきょうを作るのに間に合う）

もしも志朗と密《ひそ》かに会っていた五月に、歌枝が妊娠したのだとすれば。

時期が合うのではないか。


動揺しながらも運転を続けていた黒木は、後部座席から突然あがった笑い声にぎょっとした。思わず運転を忘れて振り返りそうになった。

「ど、どうしたんですか志朗さん⁉」

「ははは……黒木くん、酷い話じゃなぁ。ボクの予想が当たってたら最悪じゃ。歌枝さん、よくこんなことができたなぁ」

いつの間にか膝の上に巻物を広げて、志朗は笑っていた。志朗本人は知っている。昔から絶望が急激に度を過ぎると笑う癖があるのだ。自分の失明を知ったときもそうだった。

「志朗さん、大丈夫ですか？」

「黒木くん、えらいことになった。ナイナイの名前がわからん」

「はい⁉　ど、どういうことですか」

「わからんということは戻せんということじゃ。あ――……」

詰んだかも、と言って、志朗はシートに沈み込んだ。

「戻せないってどういうことですか⁉」

待機していたビジネスホテルを出て、志朗のマンションの方に歩きながら、神谷実咲は思わず大声をあげた。近くにいたベビーカーを押している女性が、ぎょっとしてこちらを見た。

電話の向こうからは、黒木の戸惑いがちな声が聞こえてくる。

『志朗さんが急にそう言い始めまして……さっき事務所に戻ってきたんですけど』

「え？　どこか行ってたんですか？」

『あの、色々ありまして……とにかく急に笑ったかと思ったらぼーっとなって、もう今日は飲むとか言ってるんですよ。骨折してるのに』

「骨折したんですか⁉　全然事情がわからないですけど……あっ、着きました」

神谷がそう言うと、間もなくマンションのオートロックが開いた。

看板も表札もない、部屋番号だけの志朗の事務所のドアを開けたのは、志朗ではなく黒木だった。

「――なんで神谷さんがいるの？」

声と足音で気づいたのだろう、応接室から志朗の声がした。日が沈みかかった部屋にはまだ電灯が点いていない。黒木が急いでスイッチを入れた。

「私がさっき黒木さんに連絡したんです。今どうなってるか気になって……シロさんこそ、どうしたんですか⁉」

全指がでたらめな方向に曲がった志朗の左手を見て、神谷は悲鳴のような声をあげた。

「秘密兵器を返されたみたいでね。はぁ――」

志朗が長い溜息をつく。骨折した箇所が痛むのだろう、額に脂汗が浮かんでいる。

「いや、ボクもどうするか考えてるんですよ。考えてるんですがねぇ、まとまらなくてね……」

「あの、黒木さんに聞いたんですけど。戻せないってどういうことですか?」

神谷は応接室のソファに腰をかけ、志朗と向かい合って座った。志朗はまたひとつ長い溜息をつく。

「いやね、ボクらが相手にしているきょうというものは、素体になったものの名前がわからないと戻せないんですよ。その名前がわからないんで困ってるんです」

「え? わかってたんじゃないんですか?」

「わかってたんですが、実は違うらしいというか、ヒントありでよみ直したら十中八九違うなコレというか」

「なんでここにきてフワフワしてるんですか! 違ったらどうなるんですか?」

「詰みですよ。戻せないんだから。いずれここに椿ありさ、というかナイナイが来るでしょう。今は物理的に距離をとったら逃げられるけど、それにしたっていつまでも続けられるもんじゃない。そのうちナイナイが椿ありさの体を捨てないとも限りませんからね。そしたらどんなに距離をとったって意味がない。戻せなければおそらくボクが押し負ける。秘密兵器もやられたし」

そう言いながら、志朗はテーブルの上に置いてあった壺をポンポンと叩いた。

「それ、さっき『戻した』んじゃなかったんですか?」黒木が尋ねる。

「これ？　まだ『戻して』はいないよ。元いたところに帰ってこいって言っただけ。触って、素体の名前を呼んで、『戻れ』。この三点が揃わないと戻せない」

「ど、どうするんですか？」

「だから考えてるんですよ黒木くん。幸い相手は、椿ありさの体から出てくる様子はないから――あ」

「何か思いついたんですか⁉」

「いっそ椿ありさの体ごとコンクリ詰めにしたらええのと違う？」

「いやよくないでしょ！　どうするんですかそのコンクリ詰め⁉」

「ボク死体の処理はしたことないので……うまくできる気がせんのよなぁ。黒木くん埋めてきて」

「俺が⁉」

「ふたりとも！　遊んでる場合じゃないですよ！」

神谷は割って入った。

「ボクは一応真面目に提案したつもりだったんですが……」

「本気だったんですか⁉　とにかく名前でしょ⁉　名前！　だったらそれ、本人に聞く以外なくないですか⁉」

そう言いながら神谷はテーブルをバンバン叩いた。

「はい？」

「なんだかわからないけど、森宮歌枝が作ったんだったら、彼女はそれ知ってるんでしょ？　だったら森宮歌枝に聞くしかないでしょう！」

志朗はぽかんと口を開け、「ははは」と思いがけず朗らかに笑いだした。

「教えてもらえるわけないじゃないですか！　相手はナイナイの支配下にあるんだから、そんな重要な情報絶対教えてもらえませんよ。ああ、悪いけど黒木くん、電気消してもらってい い？　さっきスイッチ入れたでしょ」

「あ、はい……でも、外はもう暗くなりかけてますよ」

「このきょうがね、明るいところが苦手なんよ。今は壺に引っ込んでるんですけど、可哀想でしょ」

「それ、きょうなんですか⁉」神谷は思わず声をあげた。

「じゃあナイナイと同じ……？」

「あ、ばれた。そうですす同じやつです。でももうしばらくここから出てこないじゃろうな。まぁ、こっちのことはいいんです。ちゃんと名前がわかってますから。問題はナイナイの方です。本当の名前がわからないから戻せない。作る過程で必要だから、何かしらつけてはいるはずなんですけどね」

「そんな――い、色々試してみたらどうですか？　名前」

「色々って？　ははは、名前なんて星の数ほどあるじゃないですか。聖徳太子《しょうとくたいし》とかレオナルド・ダ・ヴィンチでも、いこうと思えばいけるんですよ」

「そんなこと言ったって、それが必要なんでしょ⁉　当てるしかないじゃないですか！」

神谷はさらに前のめりになった。「私なんでもやります！　何だったら人名辞典買ってきて片っ端から読み上げます！」

「たまたま当たるまで？　何年かかると思います？　ははは……」

志朗は無事な右手で乱れた髪をかき上げながら、愉快そうに笑い始めた。

「ちょっとシロさん、笑ってる場合ですか！」

「ははははは、だって凄いじゃないですか神谷さん。笑うしかないわ。ほんまになんでも……あっ」

志朗の顔から突然笑みが消えた。

「な、なんですか？『あっ』て」

神谷は思わずどきりとした。志朗が目を開いている。ぱちぱちと二回まばたきした後、

「神谷さん、本当になんでもやります？」

と、神谷の方を向いた。ガラスでできているはずの義眼が、じっとこちらを見つめている気がする。

神谷は思わず唾を飲んだ。

「――やります」

「じゃあ、片棒をがっつり担いでもらいます」と志朗が言った。「成功したら、ボクと一緒に地獄に落ちましょう」

毎日のありさの訪問を、ひかりはあえて避けていた。

ありさはむりやり中に入ろうとはせず、学校からのプリントやノートのコピーを母や父に渡して、それからしばらく話をしていくらしい。どんな話をしているのかは知らないが、きっとふたりとも嬉しそうにおしゃべりしているのだろう。

ありさと関わったひとたちは、みんなそうなるのだから。

「ひかり、ありさちゃんが今日も来たよ。心配してたけど、会わなくていいの？」

「ありさちゃんに会いたくなったらいつでも言うんだよ。ありさちゃんの家に連れてってあげるから」

母と父の申し出を、ひかりは必死で断っている。こんなことを言い出すなんて、やっぱりふたりともおかしい。母はひかりのために車を出してくれたことなど一度もなかった。父も新しい奥さんのところに行ったきり、ひかりには会おうともしなかった。なのに。

（神谷さんと話したい）

ひかりはときどき、意味もなくそう思った。神谷が椿ありさと接点を持たない、今のところ唯一の人物だからだろう。以前だったら（高田さんと話したい）と思ったかもしれない。

ただ、必要以上に連絡をとっていると、神谷も巻き込んでしまうかもしれない。高田瑞希が変わってしまったように、神谷もまた変わってしまうかもしれない。ひかりにはそれが怖かった。

押入れの中にいると時間の感覚が失われる。ひかりが外を覗いたとき、すでに日は沈み、部屋の中にも薄暗がりが満ちていた。

(遅いな)

自分の足の爪を眺めながら、ふとそう思った。今日はまだ一度も「ありさちゃん、来たよ」という呼びかけを聞いていない。眠ってしまって気づかなかったのだろうか?

そのとき、襖を叩く音がした。

「ひかり? ありさちゃん、来たよ。お話ししない?」

母親の声だ。

「しな……」

答えかけてふと、神谷のことを思い出した。

彼女は「専門家のひとに相談できるようになった」と言っていた。「押入れの中にいたお化けが人間の体を乗っ取ってしまったかもしれない」なんて突飛な考えも笑わずに聞いてくれたし、どうやら専門家のひとも同じ意見らしい。だったら、本当にそうなのか確かめなければ。この先どうするにせよ、はっきりとわからないままでは駄目だ。

ありさは、ナイナイなのか。

部屋に入ってくるなり、ありさは「ひかり! ひさしぶり!」と言いながら、ひかりに抱きついてきた。

「会えてよかった！　心配したんだよ。元気になった？　大丈夫？　あたしがいるからね」

ありさの体は温かい。ちゃんと呼吸をしている。心臓の鼓動を感じる。相変わらず「ひかりのことが好きで好きでたまらない」という目で、ひかりのことを見つめる。

「……ありさちゃんこそ、大丈夫？」

ひさしぶりに会ったということを差し引いても、ありさは元気がないように見えた。体のどこかが痛むのを堪えて、無理に笑っているみたいだった。

「全然大丈夫だよ」

ありさはそう答えたが、ひかりが部屋の明かりを点けようとすると、「点けないで」と頼んだ。

「なんかちょっとね……頭が痛いの。まぶしいとしんどいから」

「わかった。ねぇ、何かあった？」

「なんにもないよ。これ、今日配られたプリント。で、ノートをコピーしたやつでしょ。みんなから手紙も預かってきたよ。あと本も借りてきた！　ひかり、こわい話好きでしょ？　色々読んでるもんね」

「そうだね、色々読んだけど」ひかりはハードカバーを手にとって、箔《はく》押しされたタイトルをなぞった。「ナイナイが何なのかは、よくわかんなかったな」

ありさはぴたりと動きを止める。薄暗い部屋の中で、その顔が一瞬真っ黒な影のように見えた。

「ナイナイ……」

「知ってたんだね」

ありさは――ナイナイは、椿ありさの顔で微笑んだ。

「ひかりが言ってくれるの待ってたの。きっと気づいてくれると思って待ってた。うれしいな。ありがとう」

畳に置かれたプリント類を押しのけて、眼前にナイナイが迫った。二重のくっきりとした大きな瞳の中に、ひかり自身の顔が映っている。

「な、ナイナイ」

「今日はいいことがあるんだよ」

ナイナイが動かすありさの腕が、ひかりの背中に回される。小さな子供をあやすように、ナイナイの操るありさの声が耳元で囁《ささや》く。

「こないだ瑞希に聞いたよ。ひかり、お父さんが戻ってきたこと、本当は困ってたんだね？ごめんね、あたしそういうのよくわからなかったんだ。お父さんって、いればいいってものじゃなかったんだね。大丈夫だよ、さっき電話してね、お父さんもそうしてくれるって……ほら！　もうニュースになってる！」

ふたりの体が離れる。ナイナイはありさの顔いっぱいに笑みを浮かべて、スマートフォンを差し出してきた。

ニュースアプリの画面が表示されている。駐車場に男性の遺体。近隣のビルから転落した模様――

「ほら、ひかりのお父さんでしょ。名前出てるもんね」

ナイナイの笑顔は、どこまでも無垢《むく》だ。

「でもね、ひかりのお母さんともう一回結婚しておいてよかったんだよ。だってそしたら、お父さんの持ってたお金とか保険金とか、お母さんとひかりのものになるでしょ？　前の奥さんと子供は死んじゃってるから関係ないし、お母さんのお金はひかりのものとほとんど同じだよね。お父さん、役に立ったよね。よかったね」

ナイナイの瞳はきらきら輝いている。その姿がぼやけた。頰を水滴が流れて落ちる。

ひかりはようやく、自分が泣いていることに気づいた。

「ひかり！　どうしたの⁉」

驚いたような声とともに手が伸びてくる。温かい。

「ナイナイは――ナイナイは、前のままでよかったんだよ」

ひかりは泣きながら、伸ばされた手を握った。

「押入れの中にいるナイナイのままでよかったの。ごめんねナイナイ。わたしのためにいろんなことしたんだね。本当にごめんなさい。怖がってないで、もっと早く、ちゃんと話せばよかった」

ナイナイの顔から笑顔が消えた。

廊下で電話が鳴っている。

「もしもし、森宮です」

母の声が聞こえる。

「ひかり？　今警察から電話があってね」

部屋の襖が開かれる。

「お父さん死んじゃったんだって。お母さん、警察署に行ってくるね。お留守番しててね」

逆光になった母の顔は、それでも笑っていることがわかる。声は明るい。軽やかな足音が廊下を遠ざかり、少しして玄関を開け閉めする音が聞こえた。

俯いたナイナイが、音もなく立ち上がった。

「――ごめんねひかり。あたしも行くところがあるの」

部屋を出ていくときに、ナイナイは一度振り返った。

「明日いっしょに学校行こ。またね」

・・・・・・

ナイナイは外に出ると、椿ありさの母親に電話をかける。

ここ三年ずっと頭の中をいじってきたのだから、椿ありさの両親はなんでも言うことを聞いてくれる。車に乗せてくれるように頼むと、思ったとおり彼女は快諾してくれ、すぐに椿家の自家用車がやってくる。

ナイナイは車に乗り込む。

（前のナイナイでよかったのに、なんてうそだよ。だってあの頃のひかりはいつも悲しそうで、よく泣いてたもん。今よりもっと痩せてて、服もよれよれで、お腹もよく空かせてた。今の方がいいに決まってる。しあわせに決まってる）

「途中で、刃物が売ってそうなところに寄ってくれる？」

ナイナイが椿ありさの母親に言うと、

「じゃあ、ホームセンターに寄りましょうか」

椿ありさの母親は理由も聞かずに承知する。

車が静かに走り始める。


志朗の事務所を出た神谷は、タクシーで警察署に駆けつけた。

事務所を出る少し前、神谷はひかりに電話をかけて、森宮歌枝の居場所を聞き出していた。

ひかりによれば、歌枝は今ここにいるはずだという。

なかなか年季の入った建物だ。日が落ちて各所に電灯が点《とも》ってはいるが、やけに暗い感じがした。元々あまり前向きな用件で訪ねるところではないから、そんな風に感じられるのかもしれない。

肩にかけたバッグがやけに重たい。味方に思えるのは、コートのポケットに入れた加賀美春英の御札だけだ。

（もしも森宮歌枝が名前を教えてくれなかったら、どうしよう）

ふと後ろ向きの考えが脳裏をよぎる。神谷は首を振った。あれこれ考えている場合ではない。それよりもまず、歌枝を見つけなければならないのだ。

何人ものひとが行き来する入口付近で、神谷は受付の近くにあった案内表示を見つめる。自殺者の遺族がどこに案内されるものか、部外者の神谷にはまるで判断できない。怪しまれても仕方ない、思い切って受付で尋ねようとしたとき、いつか見たすらりとした姿が、廊下の奥に見えた。

どこの部屋から出てきたのだろう、森宮歌枝と思《おぼ》しき人影は、奥の女子トイレに入っていった。

「森宮さん！」

神谷はとっさに名前を呼びながら、彼女を追いかけた。

追いかけながら、今は考えまいとしていたことが、ひとりでに頭に浮かぶ。

（シロさんの作戦が――あの破れかぶれの作戦が成功したとして。いつか死んだら、私も地獄に落ちるのだろうか）

神谷は歯を食いしばった。

晴香と翔馬の仇を討つと決めたのに、今更私は何を考えているのだろう。自分自身を叱咤《しった》しながら、彼女はトイレのドアを開けた。

女子トイレの中に人の姿はなかった。物音もしない。青白い電灯が、タイルの貼られた壁を冷たく照らしている。

「森宮さん？」

「なぁに」

突然背後から返事をされて、神谷の喉の奥から「ひっ」と声が出た。

弾かれたように振り向くと、森宮歌枝が立っていた。厚手のジャケットを着ているために左腕の欠損はわかりにくいが、確実に歌枝本人だ。

「ふふふ、ごめんなさい。びっくりさせようと思って、そこの個室に入ってたんです。驚かせすぎちゃった」

歌枝は軽やかな声をたてて笑った。

素っ気ない電灯に照らされてやや顔色が悪く見えるが、相変わらず綺麗な人だ、と神谷は思った。きょうなど作らなければ、彼女にも別の、もっと穏やかな人生があったのではないか。そう思わずにはいられなかった。

「神谷さん、いつもひかりとお話ししてくださってありがとう」

「ど、どうも……」

「ひかりね、神谷さんとお電話すると、ちょっと元気が出るみたいなんです。今日はいいことがあったから、もっと元気になるわね。あのね、夫が亡くなったの」

美味《おい》しいケーキを買っておいたの、とでもいうような口調で、歌枝は言った。

「実の父親だし、仕事もしてるからひかりのためになるかと思って再婚したんですけどね。でも、ひかりはいやだったみたいだから反省したわ。いればいいってものじゃないんですね。きっと本人もそう思ったから死んでくれたんでしょう」

皮肉でもなんでもない、本当に「よかった」と思っていそうな口調で、おまけにまるで井戸端会議でもするような気軽さで、歌枝はそう話す。

(やっぱりこの人は、もうまともな人間じゃないんだ)

神谷は肩にかけたナイロンバッグの持ち手をぎゅっと握りしめる。

(私だってまともじゃない。こんなこと引き受けるなんて。復讐の是非以前に、こ、こ、こんなことで、い、い、い、い、い、い、人間をどうにかできると本気で思っている時点でどうかしている)

神谷は一瞬目を閉じ、晴香と翔馬の笑顔を思い浮かべた。

「ごめんなさい!」

そう言うなり、神谷は歌枝の横をすり抜けるように通りすぎ、トイレのドアのすぐ横にある電灯のスイッチを押した。辺りが暗くなる。

晴香と翔馬に取って代わるように、森宮ひかりの顔が思い浮かんだ。初めて出会った日、自分のことを追いかけてきたときの顔だ。

さっき電話をかけたとき、ひかりは泣いていた。これから自分は、あの子の肉親を奪おうとしている。

(ひかりちゃん。ごめんなさい)

「神谷さん？」

不思議そうな歌枝の声がする。その方向に向けて、神谷はナイロンバッグの口を開けた。

中には森宮詠一郎の骨壺が入っている。

神谷は壺の蓋を開けた。

・・・・・

応接室のテーブルの上に置かれた志朗のスマートフォンが振動した。画面を見た黒木が「神谷さんです」と告げた。

志朗が電話をとる。

「もしもし、神谷さん？」

『もしもし』

神谷ではない女の声が応えた。


またたれかが見ている。

ナイナイは車の窓から外を眺める。自分を見ているのは、さっきと同じひとだ。見ていてくれるなら、そっちのほうが捜しやすい。

ナイナイはさっき買ったばかりの包丁をパッケージから取り出し、スクールバッグの中にそっと隠す。

ナイナイは今、とても怒っている。こうして見られていることも、頭の中に「なにか」が入ってきたことも、どちらもとてもいやなことだ。早くなんとかしなくてはならない。

やがてマンションの下に車が停まる。ナイナイは車を下りる。椿ありさの母親が「近くで待ってるわね」とニコニコする。

「うん」

マンションの入口はオートロックで勝手には開かない。ナイナイが困っていると、ちょうどそこに住人らしい、中年の男のひとが通りかかる。

「すみませーん」

ナイナイは声をかけて、振り返った男のひとの目をじっと見つめる。目が合う。さっと手を伸ばし、相手の手を握って、またじっと見つめる。

まだ力は完全に戻っていないけれど、距離が近いからだろう、男のひとはぼーっとなって動けなくなる。ナイナイはそのひとの頭の中をさわる。

「ここ開けてくれる?」

「どうぞ」

男のひとはニコニコ笑って、快くオートロックを開けてくれる。これくらいのことなら、すぐに言うことを聞いてくれるひとはけっこういる。

ナイナイはエレベーターに乗って十階に向かう。だれかはまだ見ている。だからとても捜しやすい。気配をたどりながら、バッグの下で包丁を握りしめる。

エレベーターを下りる。もう本当に近くだ。部屋番号だけの部屋。なんという名前のひとなのかわからない。

インターホンを押すと、少ししてドアが開く。

男のひとが立っている。真っ白い髪の、なんだか変なひとだ。両目を閉じているけれど、ナイナイがここに来たことはちゃんとわかっているらしい。

「待ってたよ。入る？」

「うん！」

ナイナイはうきうきと玄関の内側に入る。

このひとは目を見ることができない。そのせいか、頭の中をさわるのも上手《うま》くできない。なにかに邪魔されているみたいだ。頭の中をさわれたら楽だったのにな、と思う。そしたら自分で死んでもらえたかもしれない。やっぱり包丁を持ってきてよかったな、とも思う。

「あなたがあたしを見てたの？」

ナイナイが尋ねると、

「そうだよ」

と男のひとが答える。さっき「なにか」をけしかけてきたのもこのひとだ。同じ気配が残っている。まちがいない。

ナイナイはスクールバッグから包丁を取り出す。このひとは目が見えないから、まだそのことに気づいていない。バッグを足元に放り出し、両手に包丁を握りしめて、ナイナイは男のひとに思い切りぶつかる。

お腹を刺されたことなんか全然気にならないみたいに、男のひとは右手をナイナイの頭にのせ、指を広げて包みこむようにする。途端に、さっき見られていたときとよく似た感覚が、頭の中に満ちていく。

男のひとがなにか言っている。

その数分前、
歌枝に向かって骨壺の蓋を開けた後、神谷は彼女の様子に注意しながら自分のスマートフォンで志朗に電話をかけ、歌枝に渡した。彼女は先程とは打って変わった無表情でそれを受け取った。

(本当にシロさんの言ったとおりになったかもしれない)と期待しながら、神谷は息を殺して見守った。

志朗の言葉を思い出す。

(ボクはナイナイにできたことは、こっちにもできるんじゃないかと思うんです。これにはボクから指示を出しておきますから、神谷さんは)

森宮歌枝に至近距離まで近付き、
きょうが壺から出てくるように周囲を暗くし、
すぐ近くで壺の蓋を開ける。

（ひかりさんの話では、椿ありさは様子が変わった後も、学校生活をちゃんと送っていたんでしょう？　たぶんナイナイは椿ありさ本人の記憶を持っているんです。同じことが起こるなら勝算はあると思います。ナイナイとこれには血縁関係がある。似たようなことができる可能性が高い。ナイナイが椿ありさの頭に入って記憶を得、かつ肉体の主導権を握ったのと同じく、こっちも森宮歌枝の頭に入ってしまえば、彼女が知り得るあらゆる情報を引き出すことができる。たぶん。仮説ですが）

きょうが間違って入ってこないよう、神谷は加賀美の御札を持っておく。これなら失敗してもボクが死ぬだけじゃ、と志朗は言って笑った。

『もしもし、神谷さん？』

電話が繋がった。志朗の声が聞こえる。歌枝の涼やかな声が「もしもし」と応える。

『ああ、入ったか。お久しぶりです』

「久しぶり。貞明くん」

『師匠、さっそくすみませんけど、わかります？　ナイナイの素体の名前』

森宮歌枝が一瞬微笑み、それから口を開いた。告げられた名前を、神谷は気の遠くなるような思いで聞いた。

その数分後、

何かが落ちる音と女の子の軽やかな足音の後、志朗貞明は左脇腹に強い衝撃を覚えた。刺されたな、と思った途端に痛みが走った。

でも今はそれに構っている場合ではない。とにかく近くに来てくれればそれでいい。

(これを失敗したら、今度こそ師匠に合わせる顔がない)

志朗は右手を目一杯開いて椿ありさの後頭部を抱え込み、「よむ」ときのように精神を集中させた。指先が髪と頭蓋《ずがい》以外の、何か不定形のものに触れるのがわかった。

やっと会えた、という気がした。志朗はそれの名前を呼んだ。

その直後、

奥のリビングで待機していた黒木省吾は、玄関から人の倒れるような音を聞いた。耳をそばだてて様子をうかがいながらドアノブに手をかけたとき、「痛《いって》ぇ」という志朗の声がした。

黒木は音をたてるのも構わず、急いでドアを開けた。

玄関の前の廊下、壁にもたれて志朗が座り込んでいる。そして制服姿の女の子が、志朗の膝の上に頭を載せて崩れるように倒れていた。

写真で見た椿ありさだった。実物もきれいな子だ。まるで眠っているような、穏やかな顔をしている。

「おまたせ、黒木くん。ちゃんと戻したけぇ、行こうか。病院」

志朗が朦朧《もうろう》とした声で言って、右手を挙げた。脇腹から包丁の柄が、不気味なオブジェのように生えている。

黒木は慌ててスマートフォンを取り出した。119にかけようとするがうまく操作できない。

そのとき志朗が息を切らしながら「ねぇ、黒木くん」と言った。

「ナイナイの名前、ちょっと聞いてよ。酷いから。『神谷晴香』じゃった。宇宙で一番嫌いな女の名前なぁ、つけんなや。道理で、気合い入っとると思った。はは」

小さな声で笑いながら、志朗は椿ありさの頭をそっと撫でた。

その数分前、

（ええと、私これからどうすればいいんだっけ？　ナイナイの素体の名前はわかったし、志朗さんに伝えることもできたけど、その後のことは何も言われてないや）

警察署のトイレで、通話の切れたスマートフォンを受け取りながら、神谷は今更のように考えた。このまま歌枝を置いていってしまってもいいものだろうか？

「神谷さん」

歌枝の口が動いて、神谷に呼びかけた。

「もう戻らなければ。人が捜しにくるかもしれない」

「あ、はい」

「心配しなくても、この体が死んだらそこの壺に戻りますけぇ。もう少しこの建物の中にいてくださったら助かるなぁ」

歌枝の声で、歌枝ではない誰かが喋《しゃべ》っている。「この体が死んだら」という言葉から、神谷はナイナイが消滅したことを悟った。

「神谷さんには真に申し訳ないことをした。お姉さんと甥御さんは俺が死なせたようなもんじゃ。歌枝にきょうを戻すのが怖ろしかった。本当に申し訳ない」

そう言いながら、神谷の知らない「誰か」は深々と頭を下げた。

「では」

神谷はトイレから出ていく歌枝の背中を黙って見守った。

森宮歌枝が警察署内で突然倒れたのは、この少し後のことだった。

そのとき、未だトイレの中で立ち尽くしていた神谷は、抱えていたナイロンバッグの中で、壺の蓋がひとりでに動く音を聞いた。

……

森宮ひかりは、誰かから電話がかかってくるのを、玄関の扉が開くのを、家の中でじっと待っていた。

母親もナイナイも、もう帰ってこなかった。

春

お父さんが自殺して、お母さんが警察署で倒れてそのまま死んで、ありさちゃんも死んでしまって、わたしは急にひとりぼっちになった。

悲しいというよりびっくりしていたら、一度も会ったことがない親戚の関屋さんというひとが来た。あっという間にそのひとの家に引き取られることが決まった。

突然知らないひとの家で暮らすことになって、すごく緊張したし、戸惑うことも多かった。でも、関屋さんの家族はみんなわたしに優しい。

関屋さんには社会人の娘さんがふたりいて、わたしのクローゼットはあっという間にパンパンになった。関屋さんの奥さんは「ひかりちゃんは着せ替え人形じゃないの」とふたりを叱るけど、「ママこそ、ひかりちゃんにあれこれ食べさせすぎ」と言い返されている。関屋さんはわたしたちを見ているのが楽しいと言って、よく写真を撮っている。

ナイナイがいないのに、だれかにこんなに優しくしてもらえるのって、なんだか不思議だ。

遠くに引っ越すことになったから、転校もした。しかたないとは思ったけど、図書当番がなくなるのはさびしかった。

ナイナイがいなくなって、わたしは急にクラスのお姫さまではなくなった。でも転校が決まると、「さびしい」と言ってくれる子が何人もいて、わたしはまたびっくりしてしまった。ナイナイがいなくても、こんなふうに言ってくれるひとが何人もいたなんて思わなかったのだ。

いっしょに図書当番をしていた高田さんは、「おそろい」と言って、白いシーツをかぶったおばけのぬいぐるみをくれた。会えなくなるのが急に悲しくなって、わたしは高田さんの前で泣いてしまった。「つられるからやめてよぉ」と言いながら、高田さんも泣いてくれた。

転校する前に、ありさちゃんのお葬式に出た。ありさちゃんのお父さんもお母さんも、クラスのみんなも泣いていた。でも、わたしはどんな顔をしたらいいのかわからなかった。あんなにいっしょにいたはずだったのに、大きな遺影の中のありさちゃんは、全然知らない女の子みたいに見えた。

関屋さんが「防犯用にもなるから」と言って私にスマホを持たせてくれたので、関屋さん一家と、高田さんと、前の中学校の子たちと、それから神谷さんの連絡先を登録することができた。転校先で知り合った子たちとも連絡先を交換したから、登録件数が一気に増えた。今までこんな経験をしたことがなかったわたしは、なんだか不思議な気分だ。

なんだか、どんどんにぎやかになっていく。

でも、関屋さんの家のクローゼットを開けても、もうナイナイはいない。
完全に消えてしまったのだと、神谷さんが言っていた。

神谷さんは両親の葬儀にも来てくれた。わたしのことをとても心配してくれたけど、不思議なことも言っていた。

「お母さんが亡くなったの、半分くらい私のせいなの」

お母さんは別に、神谷さんに殴られたり刺されたりしたわけじゃない。病死で、原因はわからないけど脳がひどく小さくなっていたと聞いた。ここ何年かでコロコロ性格が変わったのも、病気のせいだったのかもしれない。とにかく、神谷さんのせいであるはずがないのだ。

神谷さんからはもう、前みたいには連絡がこない。ナイナイのことも一応解決したし、仕方がないのかな、と思う。

神谷さんが言っていた「専門家のひと」は、けがをしてしばらく入院するらしい。お見舞いもしないうちに引っ越すことになってしまったから、どんなひとなのか、わたしはよく知らない。ただわたしの祖父のお弟子さんに当たるひとだということと、ナイナイを消したのはそのひとだということを教えてもらった。でもそれは決して悪いことじゃないんだと、神谷さんは何度もわたしに言った。

「ひかりちゃんには残酷だけど、ナイナイはずっと一緒にいるべきものじゃなかったの」

さびしいけど、わたしもそう思った。

知らない町に引っ越して、冬が来た。

やがてそれも終わって、春がやってくる。


「ひかりさんに会いたいっていう人がいるんだけど、いいかな」

三月のある日、関屋さんにそう言われた。

「君のお祖父《じい》さん、前にも言ったけどちょっと特殊な仕事をしとってね。会いたいって言ってるのは、そのお弟子さんだったひと」

話を聞いて、きっと神谷さんが言っていた「専門家のひと」だ、と思った。

こっちに引っ越してきて、わたしは初めて「よみご」という職業のひとたちを知った。お祖父さんもお弟子さんも、よみごさんなのだ。

今度関屋さんは、空き家になったお祖父さんの家を片付けにいく。そのとき、その人も来るらしい。

自分の祖父のことを、わたしはよく知らない。去年亡くなったとき、関屋さんはうちにお葬式の連絡をくれたらしいけど、お母さんは行かなかったし、わたしに教えてもくれなかった。

わたしはどきどきしながらその日を待った。

約束の日は日曜日だった。よく晴れて、風が温かかった。

関屋さんといっしょに、わたしは初めてお祖父さんの家に入った。関屋さんが「埃《ほこり》っぽいねぇ」と言ってくしゃみをした。

わたしたちは家中の窓を開けて回った。気持ちのいい風が家の中を抜けていく。お祖父さんの部屋には本棚があって、本を一冊取り出して開くと、点字がずらっと並んでいた。何の本か気になるけれど、残念ながらわたしには読めない。

チャイムの音がした。関屋さんが「はいはい」と言いながら部屋を出ていく。

「やあー、貞明くん。ひさしぶり」

「ご無沙汰してます」

「どうです、調子は」

「大概よくなったんですが、左手の握力が落ちちゃって不便でね。なにかと黒木くんに手伝ってもらってますよ」

「黒木さんて、あのでっかいひと」

「そう、あのでっかい」

開け放した襖の向こうを、関屋さんともうひとり、男のひとが通り過ぎる。「お祖父さんのお弟子さん」と聞いて想像していたよりも、ずっと若いひとだった。真っ白な髪を後ろでひとつにしばっている。

そういえばこのひと、高田さんが前に公園で会ったって言ってたひとかもしれない。わたしは急にそのことを思い出した。

わたしは本を本棚に戻すと、ふたりの後を追いかけた。突き当たりの部屋にソファのセットとテーブルがあるだけの部屋だ。男のひとはソファの背もたれを撫でて「懐かしいなぁ」とつぶやいた。

「そういえば関屋さん、師匠の骨壺もうほとんど空ですけど、お寺さんに返してきました。ちゃんと戻しましたので、ご心配なく」

「そうですか。もう一方のは?」

「送っていただいた荷物の中にありました。歌枝さんはあの中に素体を入れてたんでしょう。プラスチックの、よくある感じの衣装ケースで――そっちもお寺さんの方に。供養せんとならんけぇ」

「それじゃあ、よかった」

ふと会話が途切れた瞬間、男のひとがこちらを向いた。

わたしはなんだかどきどきしてしまって、とりあえずおじぎをした。してから(見えないのなら意味ないな)と気づいた。

「ああ、ひかりさん、このひとがお祖父さんのお弟子さんの、志朗貞明さん。貞明くん、こちらが森宮ひかりさん」

志朗さんというひとは、よみごだから目が見えない。両目を閉じていて、ちょっと笑っているみたいに見える。わたしがおじぎをしたのがわかっていたみたいに、こっちに頭を下げて「はじめまして」と言った。

わたしも「はじめまして」とこたえて、またおじぎをした。

「急にすみません。ひかりさんに色々話したいことがあって来ました。ちょっと長くなると思いますけど」

「ひかりさんもこっちに来て座ったら」

関屋さんがすすめてくれたので、わたしと志朗さんはテーブルを挟んで向かい合わせに座った。

「お茶でもいれてきましょうか。暖かくて喉が渇くから」

関屋さんがそう言って、部屋を出ていく。

志朗さんはふーっと息を吐いて「ボクも考えたんですが」と切り出した。

「色々ショックなことを言うだろうし、正直ひかりさんに対して申し訳ないことをしたとも思う。でもやっぱり何があったか、キミは知っておいた方がいいと思います。お母さんのことも、ナイナイのことも」

やっぱりこのひと、ナイナイのことを知っているんだ。わたしも緊張してきて、ふーっと息を吐いた。「はい」

「じゃあ――ああ、あとそうだ。結構ホラーっぽい話になると思うんだけど、いいですか？苦手じゃない？」

志朗さんが急に遠慮がちになった。今さら変な気を遣うひとだな、と思うと少しおかしい。わたしは正直に答えた。

「大丈夫です。こわい話、大すきなので」
志朗さんの口元に、はっきりと笑みが浮かぶ。

そして、物語が始まる。

本書はWeb小説サイト「カクヨム」に掲載され、
二〇二二年から二〇二三年にかけて実施された
第8回カクヨムWeb小説コンテストにおいて、
〈ホラー部門〉大賞を受賞した作品を、
単行本化のため加筆修正したものです。

・装画・
Hana Chatani
・装丁・
坂詰佳苗

尾八原ジュージ（おやつはら　じゅーじ）
山梨県生まれ、愛知県在住。2020年からWeb小説サイトのカクヨム等で活動。『５分で読書　ゼッタイに振り返ってはいけない』『１話ごとに近づく恐怖　百物語　５　畏怖の恐怖』等に短篇を掲載。23年、カクヨムにて発表していた「みんなこわい話が大すき」で第８回カクヨムWeb小説コンテスト〈ホラー部門〉大賞を、「タヌキの一期一会」で第３回角川武蔵野文学賞〈武蔵野×ライトノベル部門〉大賞を受賞。本作が初の単著となる。

みんなこわい話《はなし》が大《だい》すき

2023年12月22日　初版発行

著者／尾八原《おやつはら》ジュージ

発行者／山下直久

発行／株式会社KADOKAWA
〒102-8177　東京都千代田区富士見2-13-3
電話　0570-002-301（ナビダイヤル）

印刷所／旭印刷株式会社

製本所／本間製本株式会社

ISBN 978-4-04-114349-0　C0093

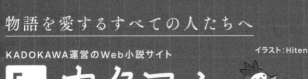